나를 찾아 떠난 스페인

나를 찾아 떠난 스페인

《바보엄마》 작가 최문정의 스페인 감성기행

다차원북스

스페인에서
숨바꼭질하기

나는 무작정 떠나는 여행을 좋아하는 편이다. 아무런 계획이나 준비 없이 갑자기 떠나는 여행에는 그 나름의 설렘과 매력이 존재한다. 심할 때는 하루 전날, 땡처리로 나온 에어텔 상품을 결제하고 해외여행을 간 적도 있었다. 그 나라가 어디에 있는 곳인지, 그 나라에서 유명한 것은 무엇인지조차 모르고 떠난 여행이었지만, 꽤 즐거웠다. 울며 겨자 먹기로 공항에서 비싼 수수료를 지불하며 환전을 해야만 했고, 날씨에 맞는 옷을 준비하지 못해 여행지에서 모두 사 입어야 했고, 선크림을 비롯한 필수적인 준비물조차 챙겨 가지 않아 죽어라 고생을 하기도 했지만, 여행 후에는 그 모든 일들이 추억이 되었다.

그래. 솔직하게 고백하겠다. 난 준비성이나 계획성이 부족하고, 몹시 충동적인 성격이다. 스페인으로의 여행도 마찬가지였다. 어쩌다 보니 스페인이 여행지로 결정되고 나서도 여행 준비에는 소홀했다. 다행히 나의 몫까지 대신해주는 친구가 있었지만, 나의 순간적인 충동에 여행 계획은 얼렁뚱땅 바뀌곤 했다. 날씨가 화창하면 미술관 관람은 제쳐두고 해변에 누워 하루 종일 잠을 자기도

하고, 비가 오는데도 기어이 예정에 없던 관광지를 구경하겠다며 밤늦게까지 친구를 끌고 다니기도 했다. 언제나 이성적이었던 나의 친구마저도 여행이라는 특수상황에서 순간적인 유혹과 충동을 참지 못하는 일이 잦았다. 게다가 스페인은 그런 우리를 끊임없이 유혹하고 충동질하는 나라였다.

우리의 여행지, 스페인은 유럽에서 가장 길고 복잡한 역사를 가진 나라이다. 기나긴 역사는 영광으로만 채워지지는 않는다. 스페인이 위치한 이베리아 반도는 영토를 확장하기 위해 남진하는 유럽과 북진하는 아프리카에게는 반드시 정복해야만 하는 지리적 요충지였다. 그래서 스페인은 끊임없는 전쟁의 상처로 고통 받아야 했던 나라였다.

그 끊임없는 고통과 상처에 스페인은 주저앉지 않았다. 오히려 신대륙 발견을 통해 누구도 덤비지 못하는 세계 최강대국이 되었다. 하지만 여러 전쟁과 내부적인 갈등으로 포르투갈과 네덜란드가 독립하고, 식민지들의 독립이 이어지면서 스페인은 또다시 몰락의 길을 걷기 시작했다.

현대에 들어와서는 다양한 문화와 역사를 가졌지만 '스페인'이라는 이름으로 묶여 있었던 사람들의 갈등이 폭발해 스페인 내전을 겪어야만 했다. 어느 전쟁이나 고통과 상처는 따르기 마련이지만, 내전의 경우에는 그 상처가 더 깊고 치유되기 어려운 법이다. 게다가 프랑코의 독재정권은 그 상처를 들쑤셔 덧나게 만들기만 했다. 그렇게 '해가 지지 않는 나라' 스페인은 유럽 최빈국이 되었다.

스페인의 상처투성이 역사는 내 삶의 역사와도 묘하게 닮아 있었다. 그래서 스페인에서는 내 상처와 고통을 드러내기 쉬웠는지도 모른다. 아픈 상처를 가진 자들은 서로를 알아보는 법이니까.

다행히 프랑코가 죽고 나서야 시작된 민주주의 정치와 함께 스페인은 다시 살아나기 시작했다. 최고의 위치에서 최악의 위치로 몰락했던 나라의 사람들은 포기하지 않고 살아남기 위해 발버둥 쳤다. 끊임없는 상처와 고통으로 얼룩진 역사를 가진 나라의 사람들은 서로의 상처를 보듬어 안고 위로하며 치유하려 애썼다. 그렇게 스페인은 삶에 대한 뜨거운 열정으로 가득한 사람들의 나라가 되었다.

이 글은 그런 스페인 사람들과 나와의 만남에 관한 이야기이다. 그들의 상처를 위로하며 내 상처를 치유할 수 있었고, 그들의 눈물을 닦아주며 내 눈물이 말라갔다. 그리고 그들처럼 나도 삶을 살아갈 용기를 얻었다.

그들과의 만남은 어린 시절 숨바꼭질 같았다. 내가 찾아내기 위해 노력한 사람도 있었지만, 불쑥 어디에선가 튀어나와 날 놀라게 만든 사람도 있었다. 하지만 어떤 만남이든 어린 시절 숨바꼭질처럼 신나고 즐거웠으며 때로는 교훈도 얻었다. 가우디를 찾아 내고는 친구와의 우정을 되새겼고, 피카소를 찾아내고는 잊고 지 내던 꿈에 대한 열정도 같이 되찾았다. 카잘스를 찾아내고는 신념 이 무엇인지 다시 생각해보는 기회를 가졌으며, 콜럼버스를 찾아 내고는 꿈을 향한 인내와 끈기를 되찾았다. 내내 술래만 하는데도 항상 즐거웠다. 그리고 긴 한여름 동안의 숨바꼭질이 끝나갈 즈음 나는 마지막으로 나 자신을 되찾았다. 어린 시절처럼 순수하고 해 맑던 나를, 어떤 일에도 포기하지 않고 꿈에 다가서려 노력하던 나를, 항상 웃음을 짓던 나를 되찾았다.

나와 그들과의 숨바꼭질에 동참하는 여러분도 나처럼 잃어버렸 던 자기 자신을 되찾았으면 좋겠다. 그리고 스페인을, 스페인 사 람들을 사랑하게 되었으면 좋겠다.

스페인에서 나와 함께 숨바꼭질을 했던, 언제나 나의 고통과 슬픔을 같이 짊어지고, 나와 삶이라는 여행을 함께하는 친구, 하선영에게 이 책을 바친다.

차례

포르투갈

프랑스

스페인

02 몬세라트
01 바르셀로나

10 세고비아
12 마드리드
11 똘레도

03
마요르카

09 코르도바
08 세비야
07 론다
04 그라나다
06 05 말라가
미하스

01
en
Barcelona

바르셀로나

바그너와 세잔을 비롯해
많은 예술가들이 함께 모여 일했던 것과는 다르게,
가우디는 바르셀로나에서 혼자 혁명을 시작했다.
그래서 우리는 지도 위에 까딸루냐Cataluña의 위치를 표시하는 것처럼,
미술사에도 까딸루냐의 위치를 표시한다.
그리고 다른 나라, 다른 분야의 천재들이 했던 모든 것들을,
과거의 예술가들이 했던 모든 노력을,
오로지 혼자만의 힘으로 이룩해낸 가우디를 발견하게 된다.

– 프란스시코 푸욜, 가우디를 추모하면서 쓴 에세이 중에서(1927)

람블라스 거리 Las Ramblas

경유經由를 위해 두바이에서 대기하는 시간까지 20시간이 넘었던 비행시간. 다리는 물론 발가락 끝까지 퉁퉁 부었다. 최소한의 것만 챙겼는데도, 공간이 텅텅 남아도는데도, 커다란 여행 가방은 버거웠다. 여행에 대한 기대 따위는 피곤함과 짜증에 밀려 사라진 지 오래였다. 바르셀로나에서의 숙소는 람블라스 거리 바로 옆. 다행히 람블라스 거리가 시작되는 까딸루냐 광장으로 한 번에 가는 공항버스가 있었다. 버스에 타고 나서도 창밖의 풍경 따윈 눈에 들어오지 않았다. 그저 어딘가에 드러누워 잠이나 푹 잤으면 좋겠다고 생각했다. 까딸루냐 광장에 도착해서도, 숙소를 찾으려 지도를 보면서도, 그저 무덤덤했다.

그리고 람블라스 거리가 내 눈앞에 펼쳐졌다.

갑자기 심장이 뛰기 시작했다.

미로Joan Miró, 스페인의 화가, 1893~1983의 모자이크가 내 발밑에 있었다.

피카소Pablo Picasso, 스페인의 화가, 1881~1973가 거닐었던 그 길 위에 내가 서 있었다.

람블라스 거리, 《달과 6펜스》의 작가인 서머싯 몸William Somerset Maugham, 영국의 소설가, 1874~1965이 '세계에서 가장 매력 있는 거리'로 꼽

람블라스 거리는 까딸루냐 광장에서 시작해 콜럼버스 기념 탑이 있는 파우 광장에서 끝나는 약 1km의 산책로이다. 원래 하천이었던 곳을 매립해 만든 길이라서 거리 이름도 아랍어 'Raml(강바닥)'에서 유래되었다. '물이 흐른다.'라는 뜻의 거리 이름처럼 람블라스 거리에는 물결무늬의 보도블록이 깔려 있다.

앉던 그 길이 바로 내 눈앞에 있었다.

한여름, 무성한 플라타너스 나무 아래에는 레스토랑, 카페, 기념품점이 줄지어 늘어서 있었다. 길거리 화가들이 그리고 있는 그림과 행위예술가들의 다채로운 퍼포먼스가 나에게 손짓하고 있었다. 결국 나는 숙소에 짐을 두고 다시 람블라스 거리로 나올 수밖에 없었다.

람블라스에서는 지루할 틈이 없다. 레이알 광장에서 가우디가 디자인한 가로등을 찾아보고, 우산과 용머리가 있는 독특한 건물 까사 브루노 쿠아드로스Casa Bruno Cuadros에서 사진도 찍고, 오페라 전용 극장인 리세우 극장의 공연 프로그램이 뭔지도 알아보아야 한다. 꽃가게에서 꽃 한 송이 사들고, 거리 예술가들의 퍼포먼스와 노천 갤러리의 그림을 감상하다, 즉석 초상화를 그리기 위해 화가 앞에서 포즈를 취하면서도 눈은 항상 거리 여기저기를 향한다. 람블라스는 언제나 흥미진진하다. 성박물관性博物館 홍보를 위해 마릴린 먼로Marilyn Monroe, 미국의 배우, 1926~1962 복장을 하고 우리를 유혹하는 여자를 올려다보다. 바르셀로나에 온 관광객을 환영하기 위해서 놓여 있다는 후안 미로의 모자이크 타일을 보기 위해 고개를 숙여야 한다. 람블라스에서는 할 일도 많다. 그 물을 마시면 바르셀로나에 돌아온다는 전설이 있는 오래된 수도水道인 카날레테스에서 녹슨 쇳물 냄새가 나는 물도 마셔야 한다. 그 물을 마시고 배탈이 난다해도 상관없다. 람블라스로 돌아올 수 있다면 그 정도 희생쯤이야 견딜 수 있다.

나는 워낙 움직이는 걸 싫어하는 편이다. 운동은커녕 산책도 귀찮다. 하지만 여행을 하다 보면 저절로 발길을 움직이게 만드는 거리가 있기 마련이다. 그 가운데에서도 람블라스는 내가 가장 사랑하는 길이었다.

개인적인 취향 차이겠지만, 나에게 파리의 샹젤리제는 사람들에 치이지 않으려 조심해야 될 정도로 너무 북적이고, 뉴욕의 브로드웨이는 휘황찬란하고 현대적이지만 차가운 도시의 느낌이 강하고, 베네치아의 뒷골목은 길을 잃을까 두려울 정도로 산만했다. 적당히 북적거리고, 중세와 현대가 어우러져 있으면서도, 단순한 이곳 바르셀로나의 람블라스 거리는 모든 일에 불만투성이인 나도 흠잡을 수 없는 최고의 길이다.

그 길 위에 서 있으면 저절로 힘이 났다. 여기저기를 두리번거리는 관광객들이 내뿜는 기대감이, 무더위에도 꼼짝 않고 퍼포먼스를 펼치는 거리예술가들의 열정이, 그 속에서 자신의 삶을 살아가는 이들의 활기가 나를 감싼다.

스페인의 시인 페데리코 가르시아 로르카Federico Garcia Lorca, 1898~1936는 람블라스가 '영원히 끝나지 않기를 바라는 길'이라고 말했다. 나에게 람블라스는 영원히 머물길 바라는 길이다.

보케리아 시장 La Boqueria

나는 재래시장을 좋아한다. 반질반질 윤이 나는 바닥, 깔끔한 진열대에 전문가의 솜씨로 가지런히 정돈된 상품보다는 약간은 지저분한 길바닥에 어수선하게 늘어져 있는 물건들이 훨씬 정겹고 따뜻하다.

지친다. 두렵다. 답답하다. 막막하다. 그리고 포기하고 싶다……. 내 인생에 이런 부정적인 단어들이 차오르기 시작하면, 난 무조건 재래시장으로 향하곤 했다. 상인들은 호객을 하느라 소리를 지르고, 사람들은 흥정을 하느라 바쁘고, 가끔은 술주정꾼이 난동을 피우기도 하고, 한바탕 시끄럽고 때로는 지저분한 그곳은 내 인생과 꼭 닮아 있었다. 그래서인지 그곳에서는 이상하게 마음이 편안해졌다. 때로는 삶이 너무 힘들어 내가 죽을 것만 같아 불안할 때면 그곳으로 달려가 내가 살아 있다는 사실에 안도의 한숨을 내쉬기도 했었다.

바르셀로나의 숙소는 보케리아 시장과 단 5분 거리, 하루에 두 번이나 들르는 날도 많았다.

'유럽 최대 규모의 재래시장', '보케리아 시장에 없으면 어느 시

보케리아 시장은 까딸루냐어로 '고기를 파는 광장'이라는 뜻으로 중세 수도원 건물을 그대로 사용하고 있기에 수도원 이름을 따서 산 호세프 시장(Mercat de Sant Josep)이라고도 부른다.

장에도 없다.' 등의 소개가 조금은 무색할 정도로 시장은 그리 큰 편이 아니었다. 우리나라의 대형마트에 너무 익숙해져 있어서일지도 모른다. 그래도 있을 건 다 있었다. 한국 라면도 팔 정도니까. 형형색색의 과일과 쿠키, 무시무시할 정도로 큰 하몽^{Jamón, 햄,} _{소금에 절이거나 통째 훈제한 돼지의 뒷다리}, 정말 맛이 모두 다른지 확인하고 싶을 정도로 다양한 올리브 반찬까지 파는 품목도 다양했다.

생과일주스는 가장 흔한 품목 중 하나인데 입구가 가장 비싸고 뒤쪽으로 갈수록 가격이 내려가다가 시장 끝에서는 입구의 반값이 되어버린다. 아무리 정가제가 시행되지 않는 재래시장이라지만 입구에서 산 생과일주스를 다 마시기도 전에 시장 끝에 닿으면 억울할 거 같다는 생각도 든다. 보케리아 시장의 가격은 그리 싼 편이 아니기에 바르셀로나에 사는 사람들은 그곳에서 장을 보지 않는다고 한다. 하지만 맛집이 워낙 많아 식사를 하는 현지인들은 꽤 많았다.

보케리아 시장은 깔끔하게 정돈되어 있어 재래시장이라기보다는 색다른 마트처럼 느껴지는 곳이다. 예전에 왔을 때도 이런 느낌이었나? 잘 기억나지 않았다. 신문에서 현대화를 통해 살아남은 보케리아를 우리나라 재래시장도 본받아야 한다는 사설을 읽은 적이 있다. 하지만 난 모르겠다. 그저 그렇게 현대화된 재래시장에서는 내가 살아 있다는 것이 강렬하게 느껴지진 않을 것 같을 뿐이다.

가우디 Antoni Gaudí i Cornet

바르셀로나는 '유럽인들이 가장 살고 싶어 하는 도시'이다. 그리고 그 바르셀로나를 지금의 바르셀로나로 만든 사람은 바로 가우디이다.

우리는 보통 건축가를 예술가로 취급하지 않는다. '건축가'라는 단어가 우리에게 주는 느낌은 예술가보다는 기술자에 가깝다. 적어도 나에게는 그렇다. 그런 나의 편견을 와장창 깨뜨려준 이가 바로 가우디였다. 예전에 나는 건축물이 가져야 할 가장 중요한 요소란 삼풍백화점이나 성수대교처럼 무너질 걱정 없는 튼튼함 내지 견고함이라고 생각했었다. 최첨단의 편리한 기술적 요소가 첨가되면 금상첨화였고. 건축의 미美까지 바라기에는 내가 살았던 환경이 너무 척박했다. 그저 네모나고 좁더라도 자기 집 한 채 가지는 게 소원인 풍토에서 뭘 더 바라겠는가?

그리고 가우디를 만났다.

예술이 바로 그곳에 있었다. 그냥 예술이 아니었다. 만질 수도 있고, 그 안을 거닐 수도 있고, 그 속에서 살 수도 있는 예술이었다. 예술 속에서 숨을 쉬고, 잠들 수 있다니……. 상상조차 해 본 적 없는 일이었다.

가우디는 1852년 가난한 구리 세공업자의 아들로 태어나 1926년 트램(Tram, 일반 도로에 깔린 레일 위를 달리는 노면 전차)에 치여 사망한 천재 건축가이다. 가우디의 작품은 어떤 건축양식으로도 분류할 수 없을 정도로 자유롭고 독특한 개성이 넘쳐흐른다. 가우디의 작품 중 7개가 유네스코 세계문화유산으로 지정되어 있다. 또한 바르셀로나의 거리 곳곳은 가우디가 디자인한 보도블록이 깔려 있다. 바르셀로나시는 가우디의 보도블록을 거리 전체에 깔기 위해 대대적인 공사를 벌이고 있다.

까사 바뜨요의 벽은 용이 살던 바닷가를 상징한다. 색유리 파편은 햇빛을 받으면 환상적으로 빛난다. 그 광채가 얼마나 강렬한지 너무 눈부시기 때문에 까사 바뜨요 관람은 햇살이 강한 오후는 피하는 것이 좋다고 말할 정도이다. 외벽의 색유리와 타일은 아래로 갈수록 색이 밝아진다. 가우디는 자연적인 채광을 중요시했기에 위치에 따라 달라지는 햇빛의 강도까지 계산해 타일을 선택했다고 한다. 그 치밀함에 소름이 끼칠 정도이다. 그 치밀함은 실내에서도 이어진다. 푸른색 타일로 가득해 마치 물속에 들어온 듯한 기분을 느끼게 하는 까사 바뜨요의 실내 푸른색 타일도 외벽과 마찬가지로 아래로 갈수록 색이 밝아진다.

버스를 타고 처음 바르셀로나 시내에 들어선 순간, 거리가 다르다는 것을 느낄 수 있었다. 궁전, 성당 등 유적지가 아닌 거리에 즐비한 건물들이 어디에서도 볼 수 없었던 개성으로 가득 차 있었다. 마침 내가 탄 버스는 가우디의 까사 밀라^{Casa Milá, '채석장'이라는 뜻의} 라 페드레라(La Pedrera)라는 별명으로도 불린다와 까사 바뜨요^{Casa Batlló, '뼈로 만든 집'} 이라는 뜻의 까사 드 로 후에소(Casa de Los Hueso)라는 별명으로도 불린다를 지나치고 있었다. 건축에 문외한이었던 나는 그렇게 가우디와 사랑에 빠졌다.

다시 찾은 바르셀로나에서 가우디는 여전히 나를 기다리고 있었다. '인간의 건축은 직선이지만 신의 건축은 곡선'이라고 말했던 가우디의 신념대로 여전히 구불거리고 물결치며 나를 휩쓸었다. 단색의 네모난 타일에 익숙했던 내게 충격을 주었던 원색의 알록달록한 모자이크는 여전히 햇빛에 반짝이며 눈을 부시게 만들었다. 단지 달라진 것이 있다면 처음 방문했을 때보다 훨씬 늘어난 관광객들의 숫자와 몇 배로 뛴 입장료뿐이었다. 처음 내가 방문했을 당시에는 스페인이 그다지 관광지로 각광받지도 않았고 물가도 싼 편이었다.

가우디의 일렁이는 물결을 가장 잘 표현한 작품은 역시 까사 바뜨요와 까사 밀라이다. 둘은 확연히 다른 듯하면서도 어딘가 비슷한 이란성 쌍둥이처럼 보인다. 까사 바뜨요는 지중해다. 따뜻한 햇살에 반짝이는 파도가 일렁이며 수많은 빛을 낸다. 반면 까사 밀라는 몬세라트^{바르셀로나 근교에 위치한 산이다.} 웅장한 몬세라트는 굽이치며 우리의 과거와 미래를 보여준다.

둘 중 먼저 지어진 까사 바뜨요는 까딸루냐의 수호성인인 성 조지Sant Jordi, 스페인어로는 산 호르헤. 까딸루냐에서는 성 조지의 날인 4월 23일이 중요한 기념일로 수많은 행사가 열린다의 전설을 바탕으로 하고 있다. 전설은 간단하다. 기사였던 성 조지가 용에게 괴롭힘을 당하는 사람들에게 기독교를 믿을 것을 조건으로 내걸고 악한 용을 물리쳐 준다. 까사 바뜨요의 지붕은 용의 옆모습을 형상화한 것으로 용의 비늘을 상징하는 청록색 타일이 울퉁불퉁하게 입체감을 살려주고 있다. 성 조지의 창을 상징하는 굴뚝이 있는 용의 옆구리는 핏빛으로 물들어 현실감을 더한다. 지붕 바로 아래 있는 베란다는 용이 죽은 뒤 피어난 장미로 다른 베란다와는 확연히 다른 모양이다. 다른 베란다들은 용에게 희생당한 사람들의 해골을 모티브로 한 것이다. 햇살에 반짝이는 따뜻한 바닷가, 사람들을 괴롭히던 나쁜 용이 용감한 기사에게 죽임을 당한 모습……. 동화책의 한 페이지를 장식해도 좋을 만한 풍경이다.

까사 바뜨요를 보고 한눈에 반한 페드로 밀라 이 캄프스의 주문으로 탄생하게 된 까사 밀라는 연마하지 않은 석회암으로 만들어져서 까사 바뜨요보다 더 무거운 느낌이 들지만 더 자연스러워 보이기도 한다. 참 이상하다. 까사 바뜨요의 날아갈 듯한 가벼움도, 까사 밀라의 변하지 않을 듯한 묵직함도, 아름답게만 느껴진다.

가우디는 자신의 건물에 대해 명확히 설명하지 않았기에 그가 만든 건축물의 상징성에 대해서는 의견이 분분하다. 까사 밀라의 경우도 바다를 상징하며, 베란다의 철 구조물이 미역 등의 해초라

까사 밀라는 가우디가 성가족 성당에 모든 것을 바치기 이전 마지막으로 완성했던 작품이다. 건물 어디에도 직선은 찾아볼 수 없으며 완벽하게 곡선으로만 이루어진 가우디의 독창성이 돋보이는 작품이다. 까사 밀라의 옥상에는 전혀 굴뚝처럼 보이지 않는 굴뚝이 있다. 회오리바람처럼 굽이치는 모양의 굴뚝은 연기가 퍼져나가는 모양을 형상화한 것이라는데 보는 방향에 따라 그 모양이 달라진다. 어떻게 보면 굴뚝보다는 외계인처럼 보이기도, 아니면 원시인들이 만든 조각상처럼 보이기도 한다. 언제나 가우디의 건물은 이 지구가 아닌 또 다른 세상에 온 듯한 느낌을 준다.

까사 비센스는 가우디의 처녀작답게 가우디 건축의 특징이라 볼 수 있는 '곡선의 미'가 드러나지 않은 작품이다. 게다가 당시 유행했던 무데하르 양식의 건물이기도 하다. 무데하르 양식이란 로마네스크, 고딕 건축 양식이 이슬람 건축 양식과 혼합된 스페인 특유의 기독교 건축 양식을 말한다. 비록 유행을 따르긴 했지만 자연과 어우러져야 한다는 가우디의 신념은 건물을 감싸고 있다. 건물을 짓기 전에 있었던 노란 아프리카 금잔화와 무성한 야자수를 뽑아버린 것이 맘에 걸렸는지 타일에는 금잔화를 새겨 넣었고, 문의 철제 장식은 야자수를 모티브로 만들었다.

는 해석도 있다. 어쨌든 내게 까사 밀라는 언제나 그 자리에 서서 나를 지켜봐 주는 든든한 산 같은 느낌이다. 석회암과 철을 주재료로 만들어진 까사 밀라는 산성비로 인한 오염 때문에 자주 외부 공사를 하는 편이다. 산성비는 석회암을 녹인다. 영원한 아름다움이란 존재하지 않는다지만, 언젠가는 이 웅장한 건물이 녹아 없어질 거라는 생각에 까사 밀라를 바라보는 순간순간이 더 안타까웠던 것 같다.

내가 가우디의 작품에서 가장 좋아하는 건 유리나 타일로 된 모자이크이다. 타일이라면 목욕탕의 타일밖에 모르던 내게 깨진 타일로 만든 모자이크는 문화적 충격이었다. 그 완벽하게 독창적이고 섬세한 퍼즐조각들은 처음부터 그리고 아마 영원히 나를 사로잡은 채 놓아주지 않을 것 같다. 가우디가 타일에 빠지게 된 건 처녀작인 까사 비센스^{Casa Vicens}를 지을 때였다. 당시에 타일은 고가의 건축자재였다고 한다. 하지만 건축주인 비센스가 탄탄한 재력의 타일업자였던 덕분에 가우디는 타일을 원하는 대로 마음껏 쓸 수 있었다. 그리고 점점 더 발전해 깨진 타일로 모자이크를 만들기 시작했다. 비센스가 타일업자였던 것에 감사한다. 그가 타일업자가 아니었다면 가우디가 타일의 새로운 가능성을 더 늦게 깨달았을지도 모르니까.

가우디 최후 걸작이라는 사그라다 파밀리아 성당^{La Sagrada Familia,} _{사그라다 파밀리아는 '성(聖)가족'이라는 뜻으로, 예수와 마리아 그리고 요셉을 뜻한다}을 처음 보았을 때, 나는 그다지 큰 감명을 받지 못했다. 가우디가 죽을 때까지 매달렸던 유작인데다 까사 밀라, 까사 바뜨요, 구엘 공원Parc Güell 등 가우디의 다른 작품을 다 보고 난 뒤라 기대감이 커서일지도 모른다. 거대한 건축물이 으레 그렇듯 나를 한눈에 압도하길 기대했었는데 가우디의 성당은 워낙 섬세하고 복잡했다. 게다가 공사 중이라는 분위기를 물씬 풍기는 중장비들이 곳곳에서 보이는데 어찌나 심란하던지.

물론 그 생각은 성당에 한 걸음씩 다가갈수록 달라졌다. 조금만 높은 곳에 올라가면 바르셀로나 어디에서든 볼 수 있는 거대한 성당이었지만, 그 거대함 속의 아주 작은 부분까지도 그냥 지나칠 수 없는 독창성이 넘쳐흘렀다. 성경을 읽지 않아도 예수의 인생을 알 수 있는 파사드의 조각 하나하나, 부드럽게 솟아오른 첨탑의 글귀 하나하나, 넓은 성당 내부를 화려한 빛으로 채우는 스테인드글라스의 조각 하나하나까지 어느 것 하나 쉽게 눈을 뗄 수 없었다.

사그라다 파밀리아 성당의 사람과 동물 장식은 모두 실제 모델이 있다. 자신이 원하는 모델을 찾으면 가우디는 석고 모형 틀을 먼저 만들었기에 그의 작업실에는 죽은 새와 동물들의 사체死體가 가득했다. 살아 있는 동물이라도 석고를 부었고, 병원에 안치된 연고 없는 부랑자의 시체를 이용하기도 했다. 그래서 사람이나 동물들이 정말 살아 있는 것처럼 생생한지도 모르겠지만, 약간은 섬뜩하기도 하다.

사그라다 파밀리아 성당의 건축은 원래 빌랴르F. de P. Villar y Lozano, 스페인의 건축가, 1828~1901에게 맡겨졌지만, 재정적인 문제로 이듬해에 가우디가 넘겨받게 되었다. 그리고 가우디는 죽을 때까지 성당에

'신이 머물 지상의 유일한 공간'이라는 찬사를 받는 사그라다 파밀리아. 가우디는 부자들의 저택을 지으며 느꼈던 '을'의 좌절과 고통을 보상받고 싶었는지 사그라다 파밀리아는 '가난한 이들을 위한 성당'으로 만들겠다고 말했다. 기부금과 입장료 수익만으로 지어지는 성당의 완성을 위해서라는 생각 때문인지 처음 방문했을 때보다 꽤 오른 입장료가 하나도 아깝지 않았다.

모든 것을 바쳤다. 류머티스 관절염 때문에 산책을 하는 것 외에는 성당에서 먹고 자며 자신의 전부를 쏟았다. 오죽했으면 트램 사고를 당한 뒤, 초라한 행색 때문에 부랑자로 오해받아 빠른 처치를 받지 못할 정도였을까. 그런 가우디의 희생을 알기에 가우디의 장례행렬은 선두에 선 사람들이 성당에 도착했을 때까지도 병원에서는 출발도 못한 사람들이 꽤 많이 남아 있을 정도였다. 교황청의 배려로 가우디는 성자들만 묻힐 수 있는 사그라다 파밀리아 성당 지하예배당에서 아직도 계속되고 있는 성당 공사를 지켜보며 잠들어 있다.

1882년 착공된 뒤, 아직까지 공사를 하고 있는 성당은 가우디의 사망 100주기가 되는 2026년까지 완공하기 위해 공사에 박차를 가하고 있다. 기부금만으로 지어지기에 기부금 모금도 중요한 변수 중 하나라고 한다.

성당이 한눈에 들어오는 벤치에 앉아 있는데 한국인 단체 관광객이 몰려들었다. 가이드가 열심히 성당에 관해 설명을 했다.

"예전에 유명한 건설회사 중역들이 단체로 여행을 온 적이 있었습니다. 짓기 시작한 지 100년이 넘었는데도 언제 완성할지 기약 없는 상태라고 하자 중역 한 분이 말씀하시더군요. 우리 회사에 맡겨주면 6개월이면 완공해 줄 수 있는데."

순간, 나도 모르게 킥 웃어 버렸다. 처음 바르셀로나에 왔을 때도 가우디 투어 가이드가 그 일화를 들려주었다. 아마 사그라다 파밀리아 성당에서 가이드들은 모두 그 일화를 들려주는 모양이었다. 우스우면서도 씁쓸했다. 우리나라의 건축 수준은 세계적으

로 뛰어난 편이라고 들었다. 하지만 빠른 시간에 하늘 높이 뻗어
나가기만 하는 네모난 건물을 보고 있노라면 의심스럽다.

　고달프고 아픈 삶, 현관문을 열고 복도에 나가는 것만으로도 행
복해질 수 있었으면 좋겠다. 지치고 힘든 삶, 창문을 여는 것만으
로도 미소를 지을 수 있었으면 좋겠다. 까사 밀라에서 살고, 까사
바뜨요에서 일하고, 구엘 공원에서 산책을 했으면 좋겠다. 그런 도
시에서 살 수만 있다면, 성질 급한 나도 몇 십 년이 걸릴지 모르는
공사기간을 기쁘게 기다릴 수 있을 것 같다.

　내가 가장 좋아하는 가우디의 작품은 뭐니 뭐니 해도 구엘 공원
이다. 완벽하게 자연과 어우러진 공원을 거닐다 보면 고민이나 근
심 따위는 스르르 어디론가 사라진다. 밝은 햇살 아래 반짝이는
모자이크는 하루 종일 바라보고 있어도 지루하지 않다. 동화 속에
들어온 듯한 풍경은 입가에 저절로 미소를 띄게 만든다. 가우디의
후원자였던 구엘이 다른 곳을 모두 제쳐두고 왜 구엘 공원에 묻히
길 바랐는지 이해할 수 있을 정도로 구엘 공원은 아름다웠다.

　여느 천재들이 그렇듯 가우디도 꽤 고집이 센 사람이었다. 어린
시절에도 마찬가지였다. 오죽했으면 건축학교 교장이 자신의 설
계에 대해 따지고 드는 가우디가 건방지다고 졸업시키지 않으려
고 했을까. 다행히 가우디의 천재성을 알아본 다른 교수의 중재로
가우디는 분수대 설계도를 다시 제출하고, 교수들은 찬반 투표까
지 한 끝에 겨우 졸업장을 받기는 했다. 하지만 교장인 로젠은 졸
업장을 주면서 '내가 오늘 이 졸업장을 천재에게 주는 것인지 아니

면 바보에게 주는 것인지 모르겠네.'라고 비꼬았다. 가우디는 '이제 제가 진짜 건축가라는 걸 보여줄 때가 온 것 같습니다.'라고 대답했다. 두 사람 모두 뒤끝이 대단하다. 아마 두 사람 모두 자신의 설계도에 대한 자부심이 대단했던 것 같다. 어쨌든 그런 자부심과 고집이 있었기에 가우디는 부자인 고객들을 상대하면서도 자신의 건축에 대한 신념을 지킬 수 있었다.

슈퍼 갑인 부자 고객을 상대하는 것도 힘들었을 텐데, 세상에 없던 무언가를 창조하는 것만으로도 고통스러웠을 텐데, 가우디는 자신을 이해하지 못하는 세상에게도 상처받아야 했다. 시대를 앞서가는 천재답게 가우디의 건축도 시대에 맞추어 살아가는 이들의 조롱을 많이 받았다. 까사 바뜨요는 '뼈로 만든 집'이라는 조롱에 시달렸고, 까사 밀라는 '말벌집', '고기파이' 등의 별명이 따라붙기도 했다. 신문에는 가우디의 건축을 조롱하는 만화나 기사도 많았다. 그래도 가우디는 꿋꿋하게 자신의 신념을 위해 모든 조롱과 비난을 견뎠다.

가우디가 건축을 위해 자신의 모든 것을 걸었다면, 구엘은 가우디를 위해 자신의 모든 것을 바쳤다. 구엘은 자신의 돈으로 가우디의 전시회를 열 정도로 가우디의 천재성에 대한 확신이 있었다. 또한 가우디가 원한다면 수익성에 대해서는 따지지도 않고 건축 비용을 지불했고, 다른 이들이 가우디의 디자인을 비웃을 때에도 꿋꿋하게 가우디의 곁에 남았다. 아무리 가우디가 자신의 건축에 대한 신념과 자부심이 대단한 사람이었다고는 해도, 자신을 지지해주는 구엘이 없었다면 그 신념은 흔들리고 자부심은 무너졌을 것이다. 그래서 구엘은 가우디와 함께 영원히 건축사에 이름을 남겨도 좋은 사람이다.

그들의 관계는 예술가와 후원자를 넘어선 관계였다. 평생 결혼도 하지 않고 건축에만 매달렸던 가우디에게 구엘은 유일한 친구이자 가족이었을 것이다. 다른 이들이 모두들 비웃는 가우디의 작품에 찬사를 보내는 구엘이 있었기에 가우디는 그만의 독특한 작품세계를 꿋꿋이 지켜 나갈 수 있었다.

사람들의 손길로 반질반질한 구엘 공원의 모자이크 벤치에 앉아 구엘을 위해 기도했다. 가우디의 천재성을 알아봐 준 것이 고맙고, 가우디를 후원할 수 있을 정도로 부유했던 것이 다행이고, 외로운 가우디의 곁을 끝까지 지켜준 것이 감사해, 구엘을 가우디에게 보내 주신 신께도 감사의 기도를 드렸다. 구엘이 없었다면 가우디도 없었고, 가우디의 작품을 보며 행복해하는 나도 없을 테니까.

그리고 덧붙여 감사기도를 드렸다. 이리저리 돌아다니며 사진을 찍고 있는 친구를 내게 보내준 것에 대해서도…….

친구와 나는 기억할 수 있는 대부분의 시간을 함께 보낸 사이였다. 어릴 때는 싸우기도 많이 싸웠고, 우리와는 전혀 상관없는 일에도 의견이 다른 적이 많아 싸움에 가까운 논쟁을 벌이다 한동안 연락을 끊기도 했다. 그래도 결국은 어리석은 싸움을 후회하면서 화해하는 일을 반복하며 서로의 곁을 지켰다. 그렇게 시간이 흘러, 이제는 서로가 없이 살아온 시간보다 함께 보낸 시간이 더 길다.

한때 너무 힘들어 다 그만두고 싶은 적이 있었다. 너무 지쳐서

과자로 만든 집, 알록달록한 도마뱀, 당장이라도 비가 쏟아질 듯한 신전……. 이상한 나라의 앨리스가 된 듯한 기분이다. 황토빛 자갈로 만들어진 동굴 옆 풀숲 어딘가에서 회중시계를 든 토끼가 툭 튀어나올 것만 같다. 구엘 공원은 가우디의 다른 작품보다 규모가 큰 데다 야외여서 그런지 신비로운 미지의 세계에 온 듯한 느낌이 훨씬 강하다. 공동 주택 단지를 목적으로 지어진 구엘 공원은 원래 60여 채의 주택이 들어설 예정이었으나, 분양을 원한 사람은 가우디와 구엘 두 명뿐이어서 결국 미완성인 채로 남겨졌다. 꽤 가파른 경사의 언덕 위에 있기에 마차가 오르기 힘들다는 것이 미분양 사태의 가장 큰 원인이었다.

아무것도 하지 않고 잠들고만 싶었다. 하루하루가 절망이었다. 행복할 때는 혼자여도 여전히 행복할 수 있지만, 불행할 때는 함께여도 불행한 법이다. 우울과 절망은 전염되기 쉬운 감정이다. 내 주위의 사람들이 하나둘씩 지치기 시작했다. 전화기를 붙잡고 우는 내게 엄마는 짜증을 냈다.

"이렇게 울 거면 전화도 하지 마. 너만 우울하면 되지, 나까지 우울하게 만들어야겠니?"

혼자 살기 시작한 지 얼마 되지 않았을 때였다. 가족과 함께라면 힘든 시간을 버텨내기 쉬울지도 모른다고 생각했다. 어렵게 같이 살자는 말을 꺼냈을 때, 엄마는 단칼에 거절했다.

하지만 친구는 끈질겼다. 조금이라도 시간이 나면 내게 전화를 하고, 집으로 찾아왔다. 태풍경보가 내려 강풍이 불어도, 폭설에 버스가 굼벵이처럼 기어도 내게 오곤 했다. 운전을 못하는 탓에 꽤 먼 거리를 대중교통을 여러 번 갈아타면서 와야 하는데도 기어이 왔다. 되풀이되는 신세한탄이 지겨울 만도 한데 한 번도 짜증 내지 않았다. 무뚝뚝한 성격 탓에 살가운 위로는 못했지만 그저 내 곁을 지키려 노력했다.

하루는 술에 취해 우는 내게 친구가 한숨을 내쉬며 말했다.

"아무래도 안 되겠다. 전부 다 그만두고 쉬어라. 한 1년쯤은 내가 먹여 살려줄게."

당시 친구도 경제적으로 어려운 상황이었다. 게다가 친구는 무언가를 책임진다는 것에 엄청난 부담감을 가지는 편이었다. 워낙 이성적이고 조심스러운 성격이었기에 순간적인 충동에 한 말은 절대 아니었다. 예의상의 하얀 거짓말도 못하는 성격이었기에, 그 말은 진심이었다.

그 말을 듣는 순간, 왈칵 다시 눈물이 쏟아졌다. 그리고 갑자기 어깨가 가벼워졌다. 나를 짓누르고 있던 삶의 무게가 어디론가 날아가 버렸다. 쓰라렸던 상처에 새살이 돋기 시작했다. 누군가에게 그 어떤 무언가가 될 수 있다면 내 인생이 그리 보잘것없지는 않다는 생각이 들었다.

그 시절, 기억조차 하고 싶지 않은 아프고 고통스러웠던 그 시절, 나는 실제로 많은 기억을 잃어버렸다. 당시 읽었던 책도 기억하지 못하고, 유행했던 가요도 생소하고, 같이 일했던 동료의 얼굴이나 이름은 낯설었다. 고통과 아픔으로 인한 스트레스성 기억 상실이었다. 그런데도 친구의 그 말만은 기억에 남았다. 우리는 천재성이 결여된 가우디와 땡전 한 푼 없는 구엘이었다.

아리스토텔레스는 '불행은 누가 진정한 친구가 아닌지를 보여준다'고 말했다. 친구는 한 번도 불행한 나의 곁에서 떠난 적이 없었다. 그리고 내 고통과 상처를 위로하려 애썼다.

내가 글을 써야 할지 망설일 때도, 과연 내게 재능이 있는지 의심할 때도, 힘들게 써낸 소설에 독자들의 반응이 미적지근할 때도, 친구는 나를 격려하고 북돋아 주었다. 내가 글을 쓰면 가장 먼저 읽는 이도, 어떤 부분에 무슨 문제가 있는지 정확히 충고하고 지적하는 이도, 바로 친구였다. 처음으로 《바보엄마》라는 소설을 펴냈을 때, 친구는 월급만 타면 모조리 내 책을 샀다. 유행하는 옷도, 비싼 화장품도 마다하고 사 모은 책을 여기저기 선물하면서도 친구는 내게 미안해했다. 더 많은 사람을 알고 있다면, 책을 더 많이 사서 홍보를 할 수 있을 텐데, 그렇게 하지 못해 미안하단다.

가끔 지인들 중 내게 책을 달라고 당당하게 요구하는 이가 있다. 작가라면 자신의 책은 공짜로 무한정 얻을 수 있을 거라고 생각하는 모양이다. 하지만 절대 아니다. 보통 계약서에는 작가에게 지급하는 증정본 권수가 명시되어 있다. 아무리 내가 쓴 책이라고 해도, 나도 책을 사야만 하는 것이다. 그렇다고 달라는 이에게 안 줄 수는 없는 노릇이다. 그렇게 책을 달라고 요구하는 사람들은 얼굴과 이름 정도만 겨우 알고 지내는 사람들이 대부분이었는데, 그런 관계에서 뭔가를 당당하게 요구할 수 있는 성격이란 책을 주지 않았다가는 뒷말만 무성하게 만들어낼 가능성이 농후했다. 그래서 나도 내 책을 참 많이도 샀다. 그래도 아마 친구보다는 적게 사지 않았을까 싶다.

스페인 여행을 준비하고 계획하기 전, 나는 많이 지쳐 있었다. 누군가는 몇 가지의 일을 하면서도 완벽하게 잘해내는데, 불행히도 나는 한 번에 한 가지 일을 하는 것만으로도 항상 벅찼다. 그래서 여행 계획과 준비는 모두 친구가 도맡았다. 비행기와 숙소 예약부터 여행지 정보 수집까지 모조리 친구 혼자서 해냈다. 그러면서도 친구는 불평 한마디하지 않았다. 오히려 자기 맘대로 할 수 있어서 좋다고 했다. 사실은 매번 일정에 대해 내 의견을 물어보고 최대한 반영하려고 배려했으면서도 말이다.

내가 구엘공원의 벤치에서 따사로운 햇살을 즐길 수 있는 것도 모두 친구 덕분이었다. 그런 친구를 내게 보내준 신께 감사기도를 드리고 나서 구엘 공원을 떠났다. 그리고 점심에 뭘 먹을지 의논하다 또 한바탕 싸웠다. 유치하게도. 친구는 오징어 먹물 빠에야Paella, 볶음밥의 일종로 유명한 레스토랑에 가고 싶어 했고, 나는 메뉴 델 디아Menu del Dia, 애피타이저, 메인디시, 디저트가 포함된 오늘의 요리가 푸짐하다는 레스토랑에 가고 싶었다. 결국 선택된 메뉴는 오징어 먹물 빠에야. 먹고 싶어 했던 친구도, 양보한 나도, 마음 불편한 점심이었다. 아무리 과식을 해도 소화불량에 걸리는 일이 없는 나였지만, 체한 것 같았다. 아마 친구도 마찬가지였을 것이다. 둘 다 말 없이 스파클링 와인 까바Cava만 들이켰다. 그리고 와인 한 병을 다 마셨을 무렵 친구도 나도 체기滯氣가 완전히 가셨다. 왜 싸웠는지는 술에 취해 잊어버렸다. 우린 낮술에 취한 채 신나서 바르셀로나 길거리를 누비고 다녔다.

언제나 그랬듯 '미안해'라는 사과 따위는 서로에게 필요 없었다. 〈러브 스토리알리 맥그로우, 라이언 오닐 주연의 사랑영화, 1971〉에서 싸움을 하고 난 뒤, 사과를 하는 제니에게 올리버는 '사랑은 미안하다는 말을 하지 않는다'라고 대답한다. 우정도 마찬가지이다. 아마 우린 또 사소한 일로 싸울지도 모른다. 확신하건데 당연히 싸울 것이다. 그래도 괜찮다. 또 아무렇지도 않게, 미안하다는 말 한마디 없이도 화해할 테니까.

고딕 & 보른지구 Barrio Gòtic & El Born

아길라르 궁전Palau Aguilar을 개조해 만든 피카소 미술관Museu Picasso
을 보고, 피카소가 즐겨 찾았던 레스토랑 4 Gats에 들렀다. 파리
의 유명한 카바레 '검은 고양이'를 모방해 만든 레스토랑의 원래
이름은 'Els Quatre Gats'. 까딸루냐어로 '소수의 사람들'이란 뜻이
다. 즉, 소수의 단골들만 찾는 그리 소문나지 않는 곳을 가리키는
표현이다. 피카소의 단골가게이기도 했고 그의 첫 전시회가 열린
곳이기도 하다. 미로, 가우디를 비롯한 다른 예술가들도 자주 찾
았던 곳이라고 한다. 1903년 문을 닫았다가 1981년 피카소 탄생
100주년을 기념하여 실내 장식을 복원한 뒤 다시 문을 열었다.

　피카소가 우정의 표시로 그려주었다는 메뉴판의 표지를 보니
조금은 비싼 가격이 용서되기도 한다. 4 Gats에서 배부르게 먹고
나니 벌써 해가 저물어 있었다.

　느긋하게 고딕지구와 보른지구를 산책하기로 했다. 입체파의
시작을 알렸던 피카소의 그림, 〈아비뇽의 아가씨들Les Demoiselles
d'Avignon〉의 배경이 되었던 것으로 유명한 사창가 아비뇽, 콜럼버스
가 이사벨 여왕을 알현한 왕의 광장Plaça del Rei, 뱃사람들의 성당인
산타 델 마르 성당Basillica de Santa Maria Dèl Mar……. 우리는 정처 없이

헤매고 다녔다. 솔직히 셀 수도 없을 만큼 여러 번 길을 잃었다.

　나는 시대에 뒤떨어진 인간이다. 현대기술의 발전은 언제나 나와 거리가 먼 이야기였다. 컴퓨터가 고장 나면 공포에 질려 애프터서비스를 부르고, 스마트폰 열풍이 불 때는 왜 전화기에 다른 기능이 필요한 지 이해하지 못했다. 스마트폰으로 바꾼 이유도 휴대폰이 고장 나서 바꿔야 하는데 선택 가능한 휴대폰이 전부 스마트폰이어서였다.

　요즘에는 관광지에서 길을 찾기 위해 지도를 꺼내드는 사람이 드물다. 대부분이 스마트폰의 지도 앱을 이용한다. 하지만 난 사용법도 모르고 배울 생각도 없었으며, 친구는 소매치기들이 무섭다고 스마트폰을 들고 다니지 않겠다고 선언했다. 우린 결국 지도를 보면서 다니기로 결정했다. 그리고 자주 길을 잃었다. 영어를 사용하는 현지인이 거의 없는 스페인이니 길을 잃어도 물어볼만한 사람이 없었다. 지도를 이리저리 뒤집어 보며 헤매 다니다 지쳐 골목길에서 주저앉은 적도 있었다.

　그래도 좋았다. 느리고 답답할 수 있는 아날로그 여행이 내게는 느긋하고 여유로운 진짜 여행이었다.

　고딕지구도, 보른지구도, 낮의 모습과는 확연하게 달랐다. 알록달록, 반짝반짝, 눈길을 잡아끌던 다양한 물건을 진열하던 상점들이 하나둘씩 문을 닫기 시작하자 어둠이 몰려들었다.

　중세 그대로의 느낌을 되살리려 일부러 그런 건지 가로등도 드물었다. 누구도 그 뒷골목을 현대의 대도시라고 할 수 없을 정도

고딕지구와 보른지구는 중세 바르셀로나의
모습이 그대로 남아 있는 곳으로 한 걸음 한
걸음 걸을 때마다 역사적 장소와 독특한 상
점이 번갈아 나온다.

로 을씨년스럽고 으스스했다. 어디에서 유령이 나올 것만 같은 분위기였다. 나만 그렇게 생각하는 게 아닌 모양인지 산 펠리프 네리 광장Plaza de San Felip Neri은 영화 〈향수파트리크 쥐스킨트의 《향수-어느 살인자의 이야기》를 원작으로 한 영화, 2006〉의 배경으로 쓰였다고 한다.

산 펠리프 네리 광장은 스페인 내전 당시 프랑코Francisco Franco, 스페인의 정치가, 1892~1975의 군대가 민간인들을 무차별적으로 학살했던 곳이다. 그 가운데에는 어린 아이들도 꽤 많았다. 단단해 보이는 벽에는 움푹 팬 총알 흔적이 그대로 남아 있었다.

그곳에 서 있자니 어디선가 총소리가 들리고 찢어질 듯한 비명이 울린다. 화약 냄새와 피비린내가 섞인다. 끈적이는 피가 흘러넘쳐 나를 덮칠 것만 같다. 당장이라도 도망치고 싶었다.

난 언제나 상처와 고통에서 도망치는 비겁자이다. 욕해도 어쩔 수 없다. 하지만 까딸루냐인들은 해묵은 상처를 드러낸 채 마주하고 있었다. 드러낸 상처들이 아무는 속도가 느려도 상관하지 않는다. 아문 상처의 흉터가 보기 흉해도 숨기지 않는다. 그 아물지 못한 상처도, 보기 싫은 흉터도, 지금의 그들을 만든 그들의 과거였고 그들 자신이었다. 그렇게 그들은 과거에서 벗어나 한 걸음 더 앞으로 나아가고 있는지도 모른다.

산 펠리프 네리 광장 옆 총탄의 흔적이 가득한 건물은 지금 유치원과 초등학교로 쓰인다고 한다. 아마 이 학교에 다니는 아이들은 프랑코의 만행을 절대로 잊을 수 없을 것이다. 그리고 그들의 할아버지와 할머니가 받았던 상처와 고통을 반복하지 않으려 노력할 것이다. 어쩌면 그들의 방법이 옳을지도 모른다는 생각이 들었다. 상처를 빨리 치유하는 것도 중요하지만, 또다시 상처를 받아 덧나지 않도록 경계하는 것도 그 못지않게 중요하다. 그래서 나도 용기를 내어 보기로 했다. 앞으로는 내 상처를 정면으로 마주볼 것이다. 그 상처가 아무리 끔찍해도 움츠러들거나 모른 척하지 않을 것이다. 오랜 시간 상처가 아물어가는 모습을 지켜보며 버텨낼 것이다. 그리고 상처가 아물고 남은 흉터를 숨기지 않고 자랑스럽게 내보일 것이다. 다들 바라보아도 좋다. 그 보기 싫은 흉터는 내가 상처를 극복하고, 삶을 살아내고 있다는 증거가 될 테니까.

까딸라냐 음악당^{Palau de la Musica Catalana}

안토니 타피에스 미술관^{Fundació Antoni Tàpies}은 누구나 한 번 보면 잊기 어려운 건물이다. 옥상에 거대한 철사뭉치가 서로 얽혀서 놓여 있기 때문이다. 그 철사뭉치는 〈Cloud and Chair〉라는 제목을 가진 몬타네르^{Lluís Domènech i Montaner, 스페인의 건축가, 1850~1923}의 작품이다. 몬타네르는 미술관의 건축가이기도 했다.

　바르셀로나는 유난히 천재가 많은 도시이다. 피카소, 미로, 가우디……. 천재들과 같은 시대를, 같은 도시에서 살아간다는 건 나 같이 평범한 사람에게는 영광스러운 일이다. 하지만 그 천재가 하필이면 같은 분야에서 일하고 있는 사람이라면 얘기가 달라진다. 나는 모차르트^{Wolfgang Amadeus Mozart, 오스트리아의 작곡가, 1756~1791}에 대한 살리에리^{Antonio Salieri, 이탈리아 음악가, 1750~1825}의 열등감과 질투에 절대적으로 공감하는 사람이다.

　몬타네르는 가우디와 동시대에 태어나 바르셀로나에서 함께 활동했다. 그는 가우디에 대한 열등감으로 자신의 재능을 썩히거나, 자신의 인생을 좌절하게 내버려두지 않았다. 오히려 자신의 재능을 믿고 끈질기게 열성을 다해 가우디의 옆에 서려 노력했다. 그렇게 당당했던 몬타네르 덕분에 화려하면서도 경박하지 않고, 우

까딸라냐 음악당은 25세에 바르셀로나 건축학교 교수로 취임한 도메네크 이 몬타네르의 대표작으로, 그의 또 다른 작품인 산 파우 병원과 함께 유네스코 세계문화유산으로 지정되어 있다. '꽃의 건축가'로 불리는 몬타네르의 건물답게 외벽, 천장, 계단까지 꽃무늬 장식으로 가득하다. 가우디의 건축이 상상 속에서만 존재하는 동화 속 세상이라면 몬타네르의 건축은 내가 넘볼 수 없는 왕족들이 사는 세상이다. 그래서 몬타네르가 가우디에게 밀려 2인자에 머무르게 된 지도 모르겠다. 어차피 가질 수 없는 거라면 현실 속에 존재하는 것보다는 차라리 존재하지 않는 것이 더 매력적이니까.

아하면서도 지루하지 않은 까딸라냐 음악당이 탄생했다.

까딸라냐 음악당은 겉모습만으로도 가우디와는 또 다른 독창성으로 가득했다. 내부 관람코스도 있었지만 공연을 보기로 결정했다. 그런데 하필이면 기타 공연밖에 없었다. 솔직히 난 관현악에는 그리 취미가 없다. 발레나 뮤지컬이 내 취향이다. 내 예술적 감상능력은 질이 낮은 편이어서 시청각 자극이 함께 이루어져야 겨우 감각이 깨어난다.

모두들 저녁식사를 하고 왔을 공연 시작시간. 조용하고 감미로운 기타 선율. 아니나 다를까, 공연이 시작된 지 10분쯤 지나자 조는 사람이 한두 명씩 생기기 시작했다. 나도 노력했지만 버텨내기가 힘들었다. 최선을 다해 공연하고 있는 연주가에 대한 예의를 지키려 노력했지만 자꾸 눈이 감겼다. 잠을 깨기 위해 고개를 젖힌 순간, 어둠 속에서도 천장의 무늬가 보였다. 난 고개를 한껏 젖히고 천장만 올려다보았다. 그 우아한 타일을 바라보자 서서히 잠이 달아났다. 부드럽고 신비로운 천장의 무늬들은 기타 연주와 어우러져 한층 더 아름다워 보였다. 그렇게 몬타네르는 연주가에 대한 예의를 지킬 수 있도록 나를 도왔다.

가우디는 홀로 혁명을 시작했다. 하지만 그 혁명을 완성한 건 가우디의 천재성에 주눅 들지 않고 노력했던 다른 건축가들이었다. 천재로 기억되지 못하는, 세월이 흘러 점점 이름이 잊히는 바로 그들이 개성 넘치고 아름다운 건물로 가득한 도시, 바르셀로나를 만들었다.

몬주익 Montjuic

운동에는 전혀 소질이 없고, 체력도 부실하며, 끈기라고는 찾아볼
수 없는 내게 마라토너는 언제나 존경스러운 존재 중 하나이다.
1992년, 황영조[1970~]는 이곳 바르셀로나에서 가슴에 태극기를 달
고 최초로 올림픽 마라톤 금메달을 따냈다. 가장 난코스인 '몬주
익 언덕'에서 마지막 스퍼트를 내며 뒤따르던 선수들을 큰 차이로
따돌리고 1위로 골인한 뒤 쓰러진 그를 우리는 '몬주익의 영웅'이
라고 불렀다.

당시 나는 바르셀로나에 대해 아는 것이 전혀 없었다. 그저 어
릴적 블루마블 게임(세계여행 게임)을 하다 알게 된 스페인의 도시
라는 것이 내 지식의 전부였을 것이다. 하지만 황영조의 마라톤
경기를 지켜보며 언젠가는 바르셀로나에 가겠다는 꿈을 꿨다. 아
름다운 바르셀로나의 곳곳을 보여주었던 그 프로그램은 스포츠
경기라면 질색인 내게도 전혀 지루하지 않은, 오히려 볼 것이 너
무 많은 경기 중 하나였다.

그때의 느낌을 되살리려 일정 중 하루를 황영조가 뛰었던 길
을 따라가 보기로 했다. 물론 대부분의 길은 내 다리가 아닌 다양
한 교통수단을 사용했다. 그런데도 힘들었다. 페르시아 대군과 벌

몬주익은 유대인들이 쫓겨나 살았던 곳이라 '유대인의 산'이라는 뜻의 이름이 붙었다. 중세시대의 몬주익성, 올림픽 주경기장, 까딸루냐 미술관, 미로 미술관 등의 볼거리가 풍부한 곳이다.

몬주익 언덕에 위치한 까딸루냐 미술관은 1929년 바르셀로나 만국박람회장으로 쓰였던 곳을 개조해 만든 미술관이다. 중세시대 성당의 천장이나 벽에 그려져 있던 그림이 거의 완벽하게 복원되어 있다. 대부분 문맹이었던 까딸루냐인들을 위해 성경의 이야기를 그린 벽화는 그 거대함으로 나를 압도하고 그 섬세함으로 감탄하게 만들었다. 한밤에 펼쳐지는 까딸루냐 미술관의 분수 쇼 또한 매우 아름답다.

인 전투에서 승리한 사실을 알리기 위해, 마라톤 평원에서 아테네까지 달렸던 필리피데스Philippides가 '우리가 이겼다.'라는 말 한마디 내뱉고는 탈진해 그 자리에서 숨을 거둘 만도 하다. 그를 기리기 위해 생겨난 경기, 마라톤. 그래서 올림픽의 꽃이라고 불리지만, 마라톤 전쟁의 패전국 페르시아의 후예인 이란은 참가하지 않는다. 그런데 사실 필리피데스가 뛴 거리는 42.195㎞보다 짧았다. 1908년 열린 제4회 런던올림픽 때, 영국의 알렉산드라 왕비는 윈저 궁의 발코니에 앉아서 선수들의 출발 모습을 보고 싶다고 하고, 영국의 국왕 에드워드 7세는 자신이 관전하는 로열박스 앞에서 선수들의 도착 모습을 보고 싶다고 하는 바람에 마라톤 경기의 거리가 늘어났다. 그 뒤, 런던올림픽의 42.195㎞가 경기의 공식 거리가 되어버린 것이다.

42.195㎞. 황영조는 몬주익 언덕 아래의 올림픽 주경기장으로 골인했지만 나는 계속해 언덕을 올랐다.

그리고 몬주익 언덕 꼭대기, 몬주익성에 올라 바르셀로나를 내려다보았다. 그리 급경사도 아니었고, 다양한 교통수단을 사용했으며, 그나마 걸을 때에도 걷다 서다 주저앉아 쉬다를 반복하며 올라온 주제에 마치 바르셀로나를 정복한 듯한 기분이었다.

유럽의 장점 중 하나는 과거와 현재를 동시에 느낄 수 있다는 점이다. 그런 점에서 몬주익 언덕은 바르셀로나 최고의 지역이다. 중세시대에 지어진 성을 등지고 서면, 초현대식 항구가 한눈에 들어온다.

어느새 어두컴컴해진 몬주익 언덕을 내려오는 길에는 국립 까딸루냐 미술관Museu Nacional d'Art de Catalunya에서 펼쳐지는 분수 쇼도 보았다. 분수가 치솟아오를 때마다 물방울이 바람에 날렸다. 음악은 공기의 진동을 타고 몰려와 온몸의 세포를 뒤흔들었다. 눈을 뗄 수 없는 휘황찬란한 불빛 속에서 물방울들은 연달아 색깔을 바꾸며 흩날렸다. 연인들, 친구들, 관광객들……. 모두가 분수를 바라보며 한여름 밤의 바르셀로나를 즐겼다.

잠시 분수 쇼가 멈춘 사이 바로 옆 공터로 교복을 입은 학생들이 모여들었다. 늦은 시간에 무슨 일이지? 고개를 갸웃하는 내 앞에서 아이들은 손을 잡고 원을 만들었다. 그리고 분수 쇼와 함께 음악이 시작되자 춤도 시작되었다. 운이 좋았다. 까딸루냐의 민속 춤인 사르다나Sardana였다. 축제가 있을 때나 일요일 대성당 앞에서 사르다나를 춘다는 얘기는 들었지만 실제로 보기는 처음이었다.

우리나라의 강강술래가 생각났다. 만약 우리나라에서 한밤중 번화가에 모여 강강술래를 추면 사람들은 어떤 반응을 보일까? 과연 춤을 출 사람들이 모이기는 할까? 하지만 그 아이들은 너무 자연스럽게 사르다나를 추며 신나게 웃고 떠들었다. 전통은 계승하려 노력하는 것이 아니라 그들처럼 일상에 스며들게 만들어야 되는지도 모르겠다.

캄프 누 Camp Nou

나는 여느 여자들보다 훨씬 더 심각한 수준으로 스포츠에 관심이 없다. 축구도 마찬가지였다. 월드컵도 예선은커녕 본선 경기도 챙겨보는 일이 거의 없고, 축구 선수 이름으로 열 손가락을 꼽는 건 당연히 불가능하다. 그러니 캄프 누라는 곳은 여행 계획에서 고려조차 하지 않았다.

하지만 인생이란 언제나 마음대로 되지 않는 법.

바르셀로나를 떠나기 전날 저녁, 아쉬운 마음에 바르셀로나를 다시 둘러보기 위해 투어버스를 탔다. 그런데 투어버스가 루트의 절반도 돌기 전에 문제가 생겼다. 갑자기 엄청난 소나기가 퍼붓기 시작했던 것이다. 바르셀로나는 건조해서 거의 비가 오지 않는다고? 그런데 장대비가 쏟아졌다.

대부분의 투어버스들이 그렇듯 우리가 탄 투어버스의 2층도 지붕이 없었다. 투어버스 2층은 순식간에 물바다로 변했다. 재빨리 천막을 치긴 했지만 아무 소용없었다. 천막이라는 말에서 알 수 있듯이 워낙 허술해서 언제라도 내려앉기 일보직전이었다. 게다가 창문이 있어야 할 자리가 뻥 뚫려 있었는데 비가 그 틈으로 어찌나 세차게 들이치는지 비가 수평으로 내리는 것 같았다. 모두들

64

홀딱 젖어서 1층으로 피신했다.

　친구와 나는 사람들이 바글바글한 1층에서 창밖 구경은 엄두도 못 낸 채 이리저리 치이며 어떻게 해야 할지 의논했다. 결국 그냥 숙소로 돌아가기로 결정했다. 우산도 없어서 숙소에 도착하기 전에 비가 그치기만을 기다리고 있었는데, 사람들이 갑자기 우르르 내리기 시작했다.

　정거장 이름은 캄프 누.

　워낙 많은 사람들이 내리기에 호기심에 창밖을 보았더니 경기장 같은 것이 보였다. 순간, 내리고 싶었다. 저 많은 사람들이 가려하는 곳이니 뭔가 있을 듯한 느낌이었다. 때마침 비도 거의 그쳐 가고 있었다. 난 뾰로통한 친구를 설득해 버스에서 내렸다.

　캄프 누는 스페인의 명문 축구 구단인 FC 바르셀로나의 홈경기장이다. 경기가 있다면 관람하려 했지만 아쉽게도 없었다. 다행히 경기가 없는 날에도 경기장과 라커룸, 박물관 등을 볼 수 있는 투어 입장권이 있었다. 하지만 아는 것이 있어야 느끼는 것도 있는 법. 아무리 수용인원이 10만여 명에 달하는 유럽에서 가장 큰 축구장이라고는 해도, 유명한 선수들이 쓰는 라커룸이라고 해도, 나에게는 그저 커다란 경기장, 단순한 라커룸일 뿐이었다.

　결국 대충 성의 없이 캄프 누 투어를 마치고 나온 우리가 향한 곳은 엄청난 규모의 기념품점이었다. 그곳에는 바르셀로나 곳곳에서 자주 보았던 파랑과 빨강 줄무늬의 유니폼, 즉 블라우그라나Blaugrana가 가득했다. 블라우그라나는 푸른색Blau과 진홍색Grana

캄프 누는 까딸루냐어로 '새 경기장'이라는 뜻이다. 예전의 홈구장인 인두스트리아 구장은 규모가 작아 FC 바르셀로나의 팬들을 모두 수용하기 힘들었다. FC 바르셀로나의 팬들은 경기장의 스탠드에 걸터앉아서라도 경기를 관람했고, 경기장 밖에서 이 모습을 보면 엉덩이만 보였다. 그래서 FC 바르셀로나의 팬들은 까딸루냐어로 '엉덩이'라는 뜻을 가진 '꾸레(Culers)'라는 별명으로 불리기도 한다. 캄프 누는 어떻게라도 경기를 보려는 팬들 덕분에 유럽에서 가장 큰 규모로 건설되었다.

줄무늬인 FC 바르셀로나 유니폼의 까딸루냐어 명칭이다.

까딸루냐는 바르셀로나Barcelona, 지로나Gerona, 예이다Lleida, 타라고나Tarragona 4개 주州로 이루어진 이베리아 반도Península ibérica 북동부를 말한다. 까딸루냐에서는 어디를 가든 고개만 돌리면 노란색 바탕에 붉은색 네 줄이 가로로 그려져 있는 깃발, 세녜라Senyera를 볼 수 있다.

중세 연합 아라곤 왕국의 왕의 표식이었던 세녜라는 까딸루냐를 비롯한 아라곤, 발렌시아 지방에서 쓰이는 깃발이다. 하지만 다른 지방보다 까딸루냐에서는 세녜라가 더 눈에 많이 뜨인다. 세녜라는 관공서는 물론이고, 상점 입구, 레스토랑의 벽면, 아파트의 발코니에까지도 걸려 있다. 바르셀로나에서는 세녜라와 함께 FC 바르셀로나의 깃발도 자주 눈에 띈다.

처음 바르셀로나에 왔을 때는 세녜라가 스페인 국기인 줄 알았다. 그리고 바르셀로나 사람들이 참 애국심이 강하구나, 라고 생각했다. 완벽히 틀린 생각은 아니었다. 바르셀로나 사람들은 애국심이 강하다. 단지, 그들이 사랑하는 나라가 스페인이 아니라 까딸루냐일 뿐이다.

스페인은 여러 소왕국으로 있다가 아라곤Aragon, 스페인 북동부의 페르난도 2세와 까스띠야Castilla, 스페인 중부의 이사벨 여왕이 결혼하면서 통일이 이루어졌다. 까딸루냐는 왕위계승 전쟁에서 펠리페 5세의 반대편에 섰다가 1714년 9월 11일, 스페인과 프랑스의 연합군에게 항복하면서 완벽하게 스페인에 병합되었다. 그런데 아직도 독립운동을 하냐고? 물론이다. 독립에 대한 열망이 얼마나 강한지 9월 11일을 '까딸루냐 독립염원의 날'로 정하고 국경일로 선포할 정도이다.

스페인은 다양한 인종, 문화, 언어, 역사가 뒤죽박죽 섞여 있는 나라이다. 그래서인지 각 주의 자치권이 강한 편이고, 까딸루냐, 갈리시아Galicia, 스페인 북서부, 바스크Vasco, 스페인 북부는 고유 공식 언어까지 갖고 있다. 그런데도 까딸루냐는 그에 만족하지 못하고 기어이 독립을 외친다.

처음 스페인에 왔을 때, 엘 클라시코El Clásico, 스페인 프리메라리가의 최대 라이벌인 레알 마드리드와 FC 바르셀로나의 더비 매치(Derby Match)가 열리는 날에는 경기장 주변에 얼씬도 하지 말라는 충고를 들었다. 혹시라도 광분한 팬들이 벌인 난투극에 휘말리면 위험하다고 했다.

레알 마드리드와 FC 바르셀로나의 경기는 실제로 전쟁을 방불케 한다. 오죽하면 엘 클라시코의 연관 검색어에 '난투극'이 같이 뜰까? 바르셀로나에서 레알 마드리드의 유니폼을 입고 거리를 다니다간 테러를 당할 수도 있다는 경고까지 들었다.

까딸루냐인들은 단순히 독립을 하고 싶어 하는 게 아니라 마드리드를 포함한 까스띠야 사람들을 적대시한다. 어떤 나라든 지역감정은 존재하기 마련이다. 우리나라의 전라도와 경상도 그렇고 미국의 남부와 북부, 동부와 서부도 그렇다. 하지만 그런 지역감정에 비교하기엔 그들은 너무 심각하다.

그들은 거의 적에 가깝다. 심지어 세녜라도 까스띠야군과 싸우던 까딸루냐 왕이 죽으면서 적장이 입고 있던 황금색 갑옷에 자신의 피 묻은 손으로 4개의 줄을 그은 데서 유래했다.

도대체 언제부터 까스띠야와 까딸루냐는 서로를 적으로 생각했을까?

일단 통일 이후, 까스띠야에 비해 까딸루냐는 여러 가지 면에서 차별을 많이 받았다. 그리고 스페인 내전이 일어나면서 해묵은 감정이 폭발한다.

까딸루냐는 섬유산업을 중심으로 경제가 성장하면서 일찌감치 시민사회가 형성되었다. 지금도 까딸루냐는 스페인 경제생산의 5분의 1을 차지할 정도로 스페인에서 가장 부유한 지역으로 꼽힌다. 하지만 정부는 지주와 귀족, 교회를 위해 노동자들을 희생하는 정책만을 강요했다. 결국 1930년대에 들어서면서 까딸루냐 지방의 노동자들이 정부에 대한 불만을 표출하기 시작했고, 이 노동운동은 사회주의 사상을 기본으로 한 사회혁명이 되어 스페인 전국에 퍼져나갔다. 이는 곧 국왕을 중심으로 한 까스띠야 지방과 공화정을 원하는 까딸루냐 지방의 대결로 번졌다. 지금도 까딸루냐 사람들은 왕정 폐지를 요구한다.

마침내 1931년 총선거에서 왕정을 폐지하고, 1936년 총선거에서 인민전선 정부를 수립하며 까딸루냐는 승리한다. 하지만 얼마 후, 까스띠야 지방의 세력을 등에 업은 프랑코 장군이 반란을 일으켰다. 까딸루냐 시민들은 무기를 들고 정부군을 도와 반란군에 대항했다.

전쟁은 스페인 전역으로 번져갔다. 3년의 시간 동안 까딸루냐도,

까스띠야도 피로 물들어갔다. 전 세계의 지성들이 시민이 선택한 정부, 즉 까딸루냐를 돕기 위해 나섰다. 하지만 언제나 정의가 승리할 수는 없는 법이다. 프랑코는 독일의 히틀러와 이탈리아의 무솔리니의 지원을 받아 공화국 정부군을 무찌르고 정권을 잡게 된다.

그리고 까딸루냐에 대한 프랑코의 탄압은 그가 사망할 때까지 30년이 넘도록 계속되었다. 까딸루냐어를 사용하는 것도 까딸루냐 깃발을 사용하는 것도 금지되었다.

60만여 명이 사망한 스페인 내전이 끝난 뒤, 50만 명이 넘는 사람들이 망명했다. 물론 피카소, 카잘스Pablo Casals, 스페인의 첼로 연주가, 1876~1973를 포함한 유명인도 그 대열에 합류했다. 그들이 선택한 나라는 프랑코가 정복한 나라가 아니었다. 그들의 나라는 더 이상 존재하지 않았다. 하지만 남아 있는 사람들은 계속 저항했다. 당시 금지된 까딸루냐 깃발 대신 사람들이 사용한 것이 블라우그라나로 된 깃발이었다. 그래서 FC 바르셀로나는 오랫동안 유니폼에 스폰서 명을 넣지 않았다. 연간 수백 억 원의 스폰서 제의가 들어와도 거절했던 이유는 블라우그라나가 그들의 국기였고, 그들의 자존심이었기 때문이다.

왕당파와 프랑코의 절대적 지지를 받았던, 마크에도 '왕관'을 사용하고 '레알(왕립)'이라는 이름이 들어간 레알 마드리드와 FC 바르셀로나는 그렇게 서로의 적이 되었다.

아마 엘 클라시코는 까딸루냐인들에게 기관총 대신 축구공으로 벌이는 전쟁이었을 것이다.

프랑코 정권 하에서 FC 바르셀로나는 많은 부침을 겪어야만 했

다. CF 바르셀로나Club de Fútbol Barcelona로 이름도 바꾸어야 했고, 로고에서 까딸루냐 국기 디자인도 삭제해야 했다. 'Fútbol Club'과 'Club de Fútbol', 모두 축구클럽이란 뜻인데 무슨 차이가 있냐고? 'Fútbol Club'은 까딸루냐어 어순을 따른 것이고, 'Club de Fútbol'은 까스띠야어 어순을 따른 것이다. 언어는 정신을 지배하기 좋은 수단이다. 그래서 침략국은 식민지를 점령하면 제일 먼저 그 나라의 언어를 못 쓰게 하는 정책을 펼친다. 까딸루냐에 대한 자부심이 강했던 FC 바르셀로나의 팬들에게는 치욕적인 일이었다. 게다가 프랑코는 레알 마드리드 CF의 승리를 위해 FC 바르셀로나 선수들의 라커룸으로 부하를 보내 경기에 지라는 뜻의 협박까지 일삼고는 했다. FC 바르셀로나가 골을 넣을 때마다, 구겨지는 레알 마드리드 CF의 광팬 프랑코의 얼굴을 보며 까딸루냐인들은 환호했다. 그랬기에 FC 바르셀로나는 시민들의 힘만으로 운영되는 구단이 될 수 있었다.

FC 바르셀로나의 경영진은 2000년대에 들어서면서 엄청난 부채로 인한 재정악화를 이유로 '셔츠 스폰서' 유치에 대해 본격적으로 검토하기 시작했다. 그리고 2006년, 창단 이래 처음으로 블라우그라나에 스폰서 명이 새겨졌다. 바로 UNICEF 로고였다. 그런데 스폰서라고 부르기도 참 애매하다. 스폰서에게 돈을 받는 대신 오히려 수익의 0.7%를 기부하기 때문이다. FC 바르셀로나가 UNICEF의 스폰서인 셈이다. 결국 FC 바르셀로나는 그들의 자존심을 기어이 지켜냈다. 블라우그라나에 새겨진 또 다른 로고, '3'이라는 숫자는 스폰서 명이 아니라 까딸루냐어 방송 채널이다. 여전히 블라우그라나는 까딸루냐인들의 자존심으로 남아 있다.

    어느 나라 출신이냐고 물으면 까딸루냐 사람이라고 대답하고, 까딸루냐어로만 방송하는 채널을 보고, 전국에 방송되는 TV토론 프로그램에서도 까딸루냐어를 사용하는 사람들. 그들이 베란다에 내건 까딸루냐 깃발과 블라우그라나 깃발은 그들의 나라에 대한 사랑이었고 독립에 대한 열망이었다.

    언제나 희생자의 감정은 더 격렬하고, 오래 지속되기 마련이다. 그래서 레알 마드리드의 팬들보다는 FC 바르셀로나의 팬들이 더 열광적이다. 레알 마드리드의 홈구장인 산티아고 베르나베우 스타디움Santiago Bernabéu Stadium에도 경기장 투어와 기념품점이 있지만 그 열기는 사뭇 다르다.

    캄프 누의 쇼핑몰은 여자들보다 남자들이 훨씬 많았다. 지루한 듯이 앉아 쉬고 있는 여자들과 달리 남자들은 눈을 빛내며 쇼핑몰 안을 휘젓고 다녔다. 여느 쇼핑몰과는 완벽하게 정반대인 그 색다른 상황이 신기하고 우스웠다.

    인종도 다르고, 언어도 다른 수많은 남자들의 쇼핑에 대한 열망이 어찌나 강하게 느껴지던지, 그 열광적인 분위기에 휩싸인 친구는 갑자기 조카들에게 줄 선물로 FC 바르셀로나의 유니폼을 사갈 결심을 했다. 친구가 유니폼을 고르는 동안 나는 축구공, 물병, 깃발 등의 다양한 기념품을 둘러보며 어슬렁거렸다. 벽면을 따라 늘어선 진열대의 수많은 유니폼을 보고 있자니 친구 한 명이 자꾸 마음에 걸렸다.

내가 스페인 여행을 간다는 것을 우연히 알게 된 녀석은 기념품으로 FC 바르셀로나 소속의 세계적인 골잡이인 메시^{Lionel Messi, 아르헨티나 출신의 축구선수. 1987~}의 유니폼(등번호 10번, 71페이지 사진 참고)을 사다 달라고 졸랐었다. 축구팬들이 들으면 황당하겠지만 난 그날 메시라는 이름을 처음 들어봤다. 하지만 사이즈가 맞을지도 걱정이었고, 다른 친구에게 주지 않는 기념품을 그 아이에게만 사다줄 수 없었기에, 난 안 된다며 단호히 거절했다. 그래도 녀석은 포기하지 않았다. 스페인에 도착하고서도 녀석은 메신저를 이용해 끈질기게 메시를 부르짖고 있었다.

진열된 유니폼에는 선수들의 이름과 등번호가 새겨져 있었는데 과반수 이상이 등번호 10번 메시의 이름이었다. 정말 유명한 선수이긴 한 모양이군. 그렇게 소원이라는데 한 벌 사다 줘야겠다, 라는 결심에 진열대로 다가갔다. 대충 사이즈를 골라들고 가격표를 보는 순간, 헉, 소리가 절로 나왔다. 나는 유니폼을 재빨리 제자리에 놓았다. 친구에 대한 나의 얕은 우정은 슬프게도 돈의 장벽을 넘지 못했다. 대신 메시의 유니폼으로 가득한 진열대 사진을 예쁘게 찍어서 친구에게 전송해주었다. 친구는 약이 잔뜩 올라서 밤새도록 메신저로 날 괴롭혔다.

en Montserrat

몬세라트

저는 까딸루냐 사람입니다.
지금은 스페인의 한 지방에 불과하지만,
까딸루냐는 지구상에서 가장 위대한 국가였습니다.
제가 지금부터 연주할 곡은
까딸루냐의 민요인 〈새의 노래〉입니다.
하늘을 나는 새는 '피스Peace, 피스, 피스'라고 노래합니다.
이 노래는 바흐나 베토벤의 음악보다 아름답습니다.
이 노래에는 나의 조국 까딸루냐의 혼이 깃들어 있으니까요.
새들이 평화를 노래하듯이 저도 평화를 염원합니다.

– 파블로 카잘스, UN평화상 수상소감 중에서(1971)

카잘스 Pablo Casals

바르셀로나에서 열차를 타고 한 시간, 몬세라트역에서 산악열차를 갈아타고 당장이라도 미끄러질 것만 같은 가파른 산비탈을 올라 몬세라트 수도원에 도착했다. 웅장하게 솟은 산은 여전히 나를 압도했다.

몬세라트 수도원은 프랑코 독재 시절 까딸루냐어가 금지되었을 때도 까딸루냐어로 미사를 드리고 매주 일요일이면 까딸루냐의 민속춤인 사르다나를 추었던 곳으로도 유명하다.

가우디, 피카소를 비롯한 수많은 까딸루냐 출신 예술가들이 몬세라트를 자신의 예술적 영감의 원천이라 말한다. 하지만 그 몬세라트 수도원이 선택해 동상을 세우고 기리는 예술가는 첼리스트 파블로 카잘스이다.

카잘스는 바르셀로나의 헌책방에서 바흐의 〈무반주 첼로 모음곡〉의 악보를 발견하고 12년 동안 연습한 뒤, 발표했던 천재 첼리스트이다. 하지만 몬세라트가 그를 기리는 이유는 그가 천재여서가 아니다. 그는 자신의 신념을 지키고, 사랑을 베푸는 사람이었다. 가난한 노동자들도 문화를 즐길 수 있도록 1달러짜리 노동자 음악회를 열고, 프랑코에 반대하는 공화파를 위해 무료 공연을 하기도 했다. 프랑코가 집권한 뒤에는 저항의 의미로 십 년 동안 첼로 연주를 하지 않았다.

스페인 내전 당시 영국이 중립을 표방했고, 전후에는 프랑코 정부를 인정했다는 이유로 영국에서는 공연하지 않았다. 나치의 후원으로 독일에서 연주했다는 이유만으로 오랜 친구인 코르토Alfred Denis Cortot, 프랑스의 피아니스트, 1877~1962와도 절교했다. 미국이 어마어마한 돈과 명예를 약속하는데도 미국으로 망명하지 않은 것은 스페인 내전 당시 미국이 공화국 정부군에게는 비행기를, 프랑코의 반란군에게는 휘발유를 팔았기 때문이었다.

프랑코가 집권한 뒤에는 망명하여 스페인 국경 근처의 도시 프라드Prades에서 살며 모국 스페인을 그리워했지만 끈질긴 스페인 정부의 연주 요청을 끝까지 묵살했다.

95세, 세상에서 가장 위대한 첼리스트로 인정받고 있으면서도 하루에 6시간씩 첼로를 연습하는 이유를 묻는 기자에게 카잘스는 '연습을 하는 동안 아직도 연주 실력이 향상되기 때문입니다.'라고 대답한다.

"나는 계속 연주하고 연습할 것이다. 다시 백년을 더 살더라도 그럴 것이다. 내 오랜 친구인 첼로를 배신할 수는 없으니까."

"음악가는 그저 인간일 뿐이지만 음악보다 더욱 중요한 것은 삶에 대한 태도이다."

"나는 우선 한 명의 인간이다. 그리고 음악가이다. 한 인간으로서 나의 첫 번째 의무는 인류의 평화와 행복에 기여하는 것이다."

후우, 어쩌면 내뱉는 말 한마디, 한마디까지도 명언일 수 있을

까딸루냐어로 '톱니 모양의 산'이라는 의미인 몬세라트는 까딸루냐의 정신적 지주이다. 몬세라트 수도원은 양치기 아이들이 천사의 인도를 받아 동굴에서 발견한 검은 마리아상이 모셔져 있는 곳이기도 하다. 교황은 검은 마리아상을 까딸루냐의 수호 성녀로 선포했다. 아서 왕의 성배 전설, 바그너의 오페라 〈파르지팔〉에도 등장하는 수도원은 기독교 성지이자 유네스코 세계문화유산이다.

까? 자서전을 읽어 본 사람이라면 알겠지만 글솜씨마저도 작가 뺨친다. 하아, 진짜 한숨만 나온다. 범접할 수 없을 정도로 위대한 천재들을 대할 때 나는 스스로를 위안한다. 저 사람에게도 분명히 약점이 있을 거야. 신은 공평하고, 인간이 가진 것은 비슷하니까. 보통 위대한 천재들은 괴팍한 성격이나 비윤리적 행동으로 나를 만족시켜준다. 누구도 완벽하진 않다. 하지만 완벽에 가까운 이가 있다면 그게 바로 카잘스일 것이다. 그는 수많은 예술가들을 대해 몬세라트 수도원에 기려질 자격이 있는 인물이었다.

지난번에 몬세라트 수도원에 왔을 때는 검은 마리아상을 보지 못했다. 마리아가 들고 있는 둥근 공을 만지며 소원을 빌면 그 소원이 이루어진다고 해서 줄이 엄청나게 길었기 때문에 포기했었다. 이번에는 아무리 오래 기다리더라도 보고야 말겠다는 굳은 결심으로 줄을 섰다. 점심을 거르고서라도 검은 마리아상을 보겠다는 의지로, 숙소 근처에서 샌드위치까지 사 가지고 왔다.

다행히 검은 마리아상으로 향하는 길에는 성화聖畵를 비롯한 볼거리들이 꽤 많았다. 5개의 예배당과 3개의 방을 지나고 나니 세 시간이 훌쩍 넘어 있었다. 그리고 드디어 그 둥근 공을 든 검은 마리아가 아주 조금씩 보이기 시작했다.

뭐야, 생각보다 너무 작잖아. 그렇게 휘황찬란하지도 않고. 너무 오래 기다려서인지 나도 모르게 입을 비죽이며 투덜거렸다. 그런데 계단을 올라 검은 마리아 바로 앞에 선 순간, 이상하게도 심장이 빠르게 뛰고 손이 덜덜 떨렸다. 갑자기 정신이 아득해졌다.

내가 뭘 기도하려 했는지 기억나지 않았다. 기다리는 사람이 너무 많아서 길게 기도할 수는 없었다. 그래도 정말 진심으로 빌었다. 백만 분의 일이라도 카잘스를 닮은 내가 될 수 있기를 기도했다. 갑작스럽게 생각난 기도였지만, 그것은 내가 원하는 기도, 바로 그것이었다. 그 기도가 조금이라도 이루어지길 또다시 기도한다.

검은 마리아상이 발견된 산타 코바Santa Cova로 가기 위해 나선 길. 예정에 없던 등반을 하게 된 터라 헉헉대다 길을 잃고 엉뚱한 산길을 오르게 되었다. 다리가 아파 되돌아갈까 하고 망설일 무렵, 몬세라트는 우리 앞에 수많은 봉우리를 드러내며 우리의 발길을 재촉했다. 사실 산타 코바에는 이미 가 본 적이 있었고, 그곳에 있는 검은 마리아상의 모조품이 아닌 진품을 보고 온 터라 그리 아쉽지는 않았다.

몬세라트의 봉우리는 1천여 개에 이른다. 맨살을 드러낸 봉우리의 대부분은 역암礫巖과 사암沙巖으로 이루어져 있다. 모래가 쌓여 굳으면 사암, 자갈이 쌓여 굳으면 역암이다. 5천만 년 전 까딸루냐는 지중해 속에 있었다. 그 깊은 바다 속에서 오랜 시간 모래와 자갈이 쌓여 몬세라트를 만들어 냈다. 바위에 박힌 자갈 사이로는 조개껍질도 보인다. 아주 오랜 시간 퇴적물이 쌓이고 단단하게 굳어진 몬세라트는 서서히 솟아오르기 시작했다. 그리고 바다 밖으로 모습을 드러냈다. 바다 밖 세상에서 몬세라트는 비바람에 깎여 수많은 봉우리를 만들어냈다. 그 바위 위에 풀들이 자라나고, 그 풀밭 위에 동물들이 살기 시작했다.

가늠할 수 없는 시간과 엄청난 규모의 공간이 만들어낸 몬세라트. 그 산을 오르며 내가 얼마나 사소한 존재인지 새삼 느꼈다. 내가 극복하지 못해 안달하는 문제들도, 언제나 나를 떠나지 않는 불안과 걱정들도 그 웅장한 몬세라트의 암벽 앞에서는 사소했다.

산길 중간중간, 불에 그슬린 채 죽어 있는 나무나 사태로 쏟아져 내린 흙과 자갈더미가 보였다. 큰 산불이 난 뒤에도, 집중호우로 산사태가 여러 번 일어난 뒤에도, 스페인 사람들은 인위적인 복구를 하지 않는다고 한다. 사태로 길이 무너지면 그 길을 정비하는 것이 아니라 표지판을 설치해 우회로를 안내하는 것이 전부이다. 오랜 시간 자연이 만들어낸 위대한 산, 사소한 인간의 손길 없이도 산은 그 모든 상처와 고통을 극복하고 여전히 우뚝 서 있을 테니까. 아무리 큰 산사태도, 아무리 큰 산불도, 그 위대함을 꺾지는 못한다.

그 위대한 봉우리를 오르는 길, 수많은 사람들을 만났다. 위태로운 절벽 가장자리에 앉아 그림을 그리는 사람들, 기도하면서 가파른 돌계단을 오르는 사람들, 숨이 찬 지 헉헉대며 바위 위에 주저앉아 쉬는 사람들……. 그들도 이 위대한 자연 앞에서 자신이 가진 사소한 문제를 잊어버리고 가벼운 마음이 되었을 것이다. 그래서 힘들어도 가파른 산길을 계속해서 오르고, 두려워도 위태로운 절벽 가장자리에 앉아 있었을 것이다. 내가 그랬듯이…….

03

en
Mallorca 마요르카

"모히또Mojito, 모히또."
차가운 음료수를 파는 남자의 리드미컬한 외침이 공기를 가른다.
파라솔은 뜨거운 태양을 막아내지 못했다.
노곤하다.
파도 소리가 자장가처럼 들린다.
캐치볼을 하는 사람들의 함성 소리가 들린다.
나는 책을 읽다 반쯤 잠이 들었고,
친구는 멍하니 바다만 바라본다.
무언가를 이루기 위해 쫓기듯 나아가지 않아도,
아무것도 하지 않고 바다만 바라보고 있어도,
그저 느긋하고 행복할 수 있는 곳,
마요르카.

소예르 항구 Port de Soller

1912년 운행을 시작했다는 협궤열차狹軌列車와 그 1년 뒤 운행을 시작한 트램을 타 보기 위해 소예르 항구에 가기로 했다. 열차는 중간중간 사진을 찍을만한 포인트가 나오면 멈춰 서며 느긋하게 움직였다. 바라볼 틈도 없이 멀어져가는 KTX의 빠른 속도에 익숙해 있던 나에게는 어색하고 생소한 경험이었다. 나는 언제나 쉬지 않고 빠르게 달려 도착하는 것에만 집중하고 있었던 모양이다. 그게 삶이든 교통수단이든 말이다. 헉헉대며 달리지 않아도, 잠시 쉬었다 가도, 천천히 가도, 여행을 즐길 수 있다는 것을 잊고 있었다.

어린 시절, 나는 열차를 타면 마냥 신났다. 창밖의 풍경을 보는 것도 좋았고, 오징어와 찐 달걀을 먹는 것도 좋았고, 동생들과 노는 것도 좋았다. 하지만 어른이 되면서 달라졌다. 창밖 풍경 따위에는 관심도 없었고, 넓고 푹신한 좌석도 불편했다. 그저 시계만 바라보며 빨리 도착하기만 기다렸다. 그런 내가 협궤열차의 좁고 딱딱한 나무의자에 앉아 덜컹거리며 흔들리고 있는데도 조바심이 나지 않았다. 나무로 만든 오래된 열차를 타고 느리게 달리며 여행의 여유를 즐길 줄 알던 과거로 되돌아가는 느낌이었다.

아직 시골 느낌이 물씬 풍기는 마요르카가 얼마나 큰지 열차를

마요르카는 '더 큰 섬'이라는 라틴어 'Insula Maior'에서 유래한 이름에서도 알 수
있듯이 스페인에서 가장 큰 섬이다. 제주도의 2배 정도의 크기라는데, 열차를 타
고 이동하면서야 그 크기를 실감했다. 마요르카는 독일을 비롯한 유럽인들이 좋아
하는 고급 휴양도시로 유명하다. 섬이라서인지 해변가를 제외하고는 인공적인 개
발이 이루어지지 않아 자연의 느낌이 살아 있는 농촌의 분위기가 풍긴다.

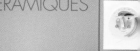

소예르 항구는 중세의 모습을 간직하고 있는 작은 항구로 톰 행크스와 배두나가 출연한 영화 〈클라우드 아틀라스(Cloud Atlas, 2012)〉의 배경이 되었다.

타고 이동하면서야 깨달았다. 열차는 꽤 오랜 시간을 달렸다. 그리고 그 시간 동안 나는 순수했던 어린 시절처럼 기차 밖 풍경을 즐겼다.

소예르역에 내린 우리는 깜짝 놀라 기절할 뻔 했다. 그 작은 역에 피카소와 미로의 미술관이 있었다. 입장료도 지키는 이도 없는 작은 미술관.

"스페인은 영원히 미술계의 거장들을 남길 거 같아."

내 말에 친구는 한숨을 내쉬며 고개를 끄덕였다.

스페인은 어디를 가나 예술적 감각 자극을 받을 수 있는 나라였다. 이름만 대면 아는 화가들의 그림이 가득한 미술관은 저녁이면 무료로 오픈한다. 후안 미로의 작품은 람블라스 거리의 바닥에서 사람들의 발길 아래 놓여 있고, 피카소의 판화는 작은 간이역 한편에 있고, 엘 그레코의 그림은 호텔 로비에 걸려 있다. 심지어 바르셀로나의 보도블록은 가우디의 디자인이다. 한국에서 꽤 비싼 돈을 주고 입장권을 구매해 바글바글한 미술관에서 사람들에게 치여 가며 봤던 것들보다 훨씬 좋은 작품들을 곳곳에서 쉽게 만날 수 있었다. 이런 나라에서 태어났다면 아마 나도 뛰어난 예술가가 되었을 지도 모르겠다.

트램을 타고 도착한 소예르 항구는 초현대식 요트만 제외한다면 중세의 모습 그대로였다. 마침 항구 옆에는 장터가 서 있었다. 재래시장에 열광하는 나이기에 지나칠 수 없어 꽤 오랜 시간 시장을 휘젓고 다녔다. 그리 관광객이 많지 않은 곳이라서인지 소예르

항구 옆 재래시장은 스페인에서 가장 물가가 싼 곳이었다. 친구도 나도 미친 듯이 쇼핑에 열을 올렸다. 마요르카는 섬인데다 고급 휴양지라서 물가가 비싸다고 했는데, 꼭 그렇지만도 않았다. 정오가 지나고 햇살이 강해지자 노점상들이 하나둘씩 문을 닫기 시작했다. 우리는 지친 다리도 쉬게 해 줄 겸 해변으로 향했다.

소예르 항구 바로 옆 해수욕장은 다른 해변보다 사람이 많지 않았다. 맥주 한잔을 하며 그나마 그늘이 진 해변에 주저앉았다. 어떤 여자가 우리 앞에 오더니 비키니 상의 끈을 푼다. 이젠 그런 모습을 봐도 눈을 돌리지 않는다. 오히려 수영복 대신 옷을 입고 있는 우리의 모습이 더 어색하다. 여자는 헐벗은 가슴을 드러낸 채 쨍한 햇빛 아래 드러눕는다.

스페인에서는 여자들이 비키니 상의를 입지 않는 일이 많다. 수영복 판매점에서 비키니 상하의를 세트로 팔면 '입지도 않는 상의를 강제로 끼워팔기를 한다'며 항의를 할 정도라고 한다. 바르셀로나의 인공해변인 바르셀로네따Barceloneta에 하루 종일 누워 있을 때는 시아버지 앞에서 아무렇지도 않게 비키니 상의를 벗는 며느리 때문에 놀라고, 헐벗은 가슴을 덜렁이며 남자친구들과 캐치볼을 하는 사춘기 소녀 때문에 눈 돌릴 곳을 찾느라 바빴던 나였지만 스페인의 해변도시를 돌며 어느새 그런 풍경에 익숙해졌다.

여행 후, 술자리에서 그 얘기를 전해들은 친구가 갑자기 벌떡 일어나 내 손을 잡았다.

"고맙다. 네가 내 꿈을 찾아줬어. 이 나이가 되도록 내 꿈을 찾지 못해 고민했는데……."

"뭐?"

친구가 술주정을 한다고 생각한 내가 되물었다.

"스페인 해변에 가서 사는 것, 그걸 내 꿈으로 삼으련다."

연애 한번 제대로 못한 남자친구의 농담 아닌 농담에 한바탕 웃음이 술자리를 휩쓸고 지나갔다. 방금 전까지 직장에서 쌓인 스트레스로 우거지상을 하고 있던 친구들이 하나둘씩 자신들이 경험했던 여행 이야기를 풀어놓기 시작했다. 마요르카에서의 느긋한 자유의 추억이 술자리의 친구들을 여유롭게 만들었다.

"모히또! 모히또!"

어디선가 차가운 음료를 팔며 돌아다니던 행상 특유의 리드미컬한 목소리가 들려오는 듯하다.

"모히또! 모히또!"

그 특이한 리듬을 따라하며 깔깔 웃어대던 그 시간으로 되돌아간 것만 같다.

카르투하 수도원 Monasterio de la Cartuja

발데모사 Valldemossa, 마요르카 북서쪽 산악 지대로 가는 길은 위태로웠다. 좁고 구불구불하고 가파른 산길을 달리는 덩치 큰 버스는 자칫하면 도로 옆 낭떠러지로 떨어질 것만 같아서 조마조마했다. 놀이공원에서 어린아이들도 시시해하는 놀이기구조차 못 탈 정도로 겁이 많은 나에게는 끔찍한 여행길이 될 수도 있었다. 만약 창밖의 풍경이 없었더라면 말이다.

높은 산 사이로 반짝이는 지중해와 산속 곳곳에 드문드문 자리 잡은 작은 집들은 나도 모르게 감탄사를 내뱉게 만들었다. 다리가 후들거릴 정도로 위험한 산길이 끝나고 넓은 도로가 펼쳐지자 오히려 아쉬움에 탄식이 나왔다.

발데모사는 폐결핵을 앓던 쇼팽 Fryderyk Franciszek Chopin, 폴란드의 작곡자이자 피아니스트, 1810~1849이 연인 조르주 상드 George Sand, 프랑스의 소설가, 1804~1876와 함께 요양을 위해 머물렀던 곳이다. '요양'이라는 말에서 알 수 있듯이 정말 공기 좋은 작은 시골 마을에 가까웠다. 당시 마을 사람들은 쇼팽의 폐결핵이 전염될까 봐, 결혼하지 않은 쇼팽과 상드의 관계를 문제 삼아 그들에게 방을 빌려주지 않았다고 한다. 그래서 결국 쇼팽과 상드는 폐허 상태로 버려져 있던 카르투하 수도원의 방 2개를 빌려 머문다.

그들이 머물렀던 시간은 그리 길지 않았다. 스페인하면 떠오르는 따뜻한 겨울을 기대하고 프랑스에서 배로 한 달이나 걸려 요양을 왔지만 그해 겨울은 유난히 추웠다. 게다가 프랑스에서부터 가져온 쇼팽의 피아노는 관세 때문에 세관에 압류되어 한 달 넘게 볼 수조차 없었다. 결국 그들은 그해 겨울만 지내고 발데모사를 떠난다. 하지만 그 겨울 동안 쇼팽은 〈프렐류드(전주곡)〉 24곡을 작곡했고, 조르주 상드는 〈마요르카의 겨울〉을 집필했다.

그리고 세월이 흘러 그 두 사람의 짧은 겨울이 발데모사의 전부가 되었다. 카르투하 수도원은 쇼팽에 관련된 전시와 공연으로 돈을 벌고, 주위의 상점들은 관광객들을 상대로 기념품과 음식을 판다. 한마디로 마을 전체가 쇼팽으로 먹고산다. 그들의 할아버지의 할아버지가, 혹은 할머니의 할머니가 비난하고 푸대접했던 쇼팽 때문에 그들이 먹고산다는 것도 참 아이러니다.

쇼팽이 얼마나 대단한 경제적 가치를 지녔는지, 수도원을 공동 소유한 페라-캡론치 가문과 쾨트라스 가문은 서로 자신의 가문이 가진 피아노가 쇼팽의 것이라고 우기다 결국 법정공방까지 벌였다. 두 가문 모두 피아노가 있는 방을 가지고 있었다. 쇼팽의 피아노라는 것은 곧 쇼팽이 머물렀던 방이라는 뜻이었다. 소송은 쇼팽의 친필 편지, 상드의 아들 모리스의 그림에 묘사된 수도원 방의 모습 등을 근거로 쾨트라스 가문의 승리로 끝났다.

치열한 법정공방까지 벌였다는 수도원 안은 쇼팽의 피아노, 악보, 손 석고 등으로 꾸며져 있었다. 그들이 살았을 때는 버려진 것이나 다름없었다는 수도원은 그들 덕분에 완벽한 리모델링을 거친 박물관으로 바뀌어 있었다.

박물관 관람 후에는 자그마한 강당에서 열리는 피아노 연주회에 참석했는데 그 몇 곡의 선율이 박물관의 피아노를 보는 것보다 훨씬 감동적이었다. 당연했다. 쇼팽이 유명해진 건 그가 작곡했던 피아노 연주곡 때문이니까. 개인적으로 나는 유명인이 사용했던 물건들을 보는 건 그리 좋아하지 않는다. 화가가 사용했던 붓과 팔레트를 보는 것보다는 화가의 모작을 보는 게 훨씬 더 좋고, 유명 플라멩코 무용수가 신었던 낡은 슈즈를 구경하기 위해 돈을 내는 것보다는 싸구려 술집에서 하는 플라멩코 공연을 보는 게 좋다.

쇼팽의 연주를 듣고 있자니 오래간만에 피아노가 치고 싶어졌다. 나는 어린 시절부터 호기심이 많아 이것저것 시도하는 것을 좋아했다. 어릴 때는 피아노, 첼로, 서양화, 수영, 서예, 웅변, 속셈 정도의 평범한 수준이었지만 돈을 벌기 시작하면서 시도하는 분야는 드넓어졌다. 발레, 요리, 제과제빵, 미용, 역학, 각종 공예 등등. 대단하다고? 절대로 그렇지 않다. 호기심이 많은 대신 그 호기심이 길지는 못하니까. 그래서 끝까지 제대로 배운 건 거의 없는 편이다. 정말 '인내'와 '끈기'라고는 찾아볼 수 없는 인간이 바로 나다. 그나마 피아노는 엄마의 협박과 강요 덕분에 체르니 40번을 마치고도 연주곡집 두세 권 정도를 마스터하는 수준까지 겨우겨우 오를 수 있었다. 청개구리 심보가 확실한 나는 엄마가 피아노 학원을 그만두어도 좋다고 말한 그때부터 갑자기 피아노 연주가 즐거워지기 시작했다.

꽤 오랫동안 즐기던 피아노 연주를 그만둔 건 내가 엉엉 울면서 몇 시간 동안 피아노를 연주한 직후였다. 지쳐서 피아노 아래 쪼그리고 앉아 있던 나는, 내가 피아노 연주를 감정 표출의 수단으로 사용한다는 사실을 깨달았다. 나는 언제나 화가 나거나 슬프면 피아노를 치고 있었다. 그러나 난 작곡가의 노력과 열정이 담긴 작품을 부정적인 감정 표출의 수단으로 쓰는 게 싫었다. 위대한 예술을 내 하찮은 감정 따위에 낭비하고 싶지 않았다. 그렇게 나는 애증의 피아노 연주를 그만두었다.

어쨌든 피아노를 억지로 배우던 때도, 즐기던(?) 때도, 그만둔 지금도, 쇼팽은 내가 가장 좋아하는 작곡가 중 하나이다. 워낙 피아노곡에 있어서는 독보적인 존재이기도 하지만 클래식 작품답지 않게 조금 가벼우면서도 감정적이고 쉬운 선율이 마음에 든다. 난 교향곡의 웅장함보다는 단 하나의 악기가 자신의 음색을 확실하게 드러내는 단순한 곡을 좋아한다.

쇼팽의 〈환상 즉흥곡〉을 듣고 있으면 나도 모르게 행복해진다. 빠른 속도로 반복되며 굽이치는 선율은 내 속에 있는 모든 부정적인 감정을 끌어내 폭발할 때까지 부풀리고, 살살 간질이는 듯한 부드러운 선율은 터져 나온 내 마음 속 부정적 감정을 쓸어내고 상처를 다독여준다. 쇼팽은 항상 악보를 품 안에 지니고 다닐 정도로 〈환상 즉흥곡〉을 아꼈고 생전에는 악보출판을 허락하지도 않았다. 그래서 〈환상 즉흥곡〉은 쇼팽 사후에 출판된 유작이다.

쇼팽이 〈환상 즉흥곡〉 악보와 함께 품 안에 지니고 다녔던 또 한 가지는 조국 폴란드의 흙이었다. 쇼팽이 음악공부를 위해 유학 중일 때, 오스트리아와 프로이센, 그리고 러시아의 지배를 받고 있었던 폴란드에서는 독립운동이 일어났다. 쇼팽은 당장 조국으로 돌아가려 했지만 일찌감치 천재로 유명세를 떨치던 쇼팽이 독립운동에 참여하면 불리해질 것을 우려한 러시아와 오스트리아 정부는 쇼팽의 여권을 압수해버린다.

쇼팽은 포기하지 않고 파리로 가서 몇 번이나 폴란드로 입국하려고 시도했지만 모두 실패했다. 대신 쇼팽은 〈혁명 에튀드Étude〉를 작곡해 러시아의 만행을 알리려 애썼다. 당시 프랑스는 러시아와의 관계가 좋지 못했고, 쇼팽의 아버지는 프랑스에서 태어났기에 쇼팽은 파리에서 꽤 대단한 대접을 받으며 살 수 있었다. 그래도 쇼팽은 항상 폴란드를 그리워했다.

러시아의 쇼팽에 대한 견제가 어찌나 견고했던지 쇼팽은 아버지의 장례식에도 갈 수 없었고, 죽어서 시신이 된 뒤에도 폴란드 입국이 허락되지 않았다. 그런 상황을 예상했던 걸까? 쇼팽은 자신의 심장만이라도 폴란드에 묻어달라고 누나에게 미리 부탁한다. 결국 누나 루드비카는 쇼팽의 심장을 적출해 폴란드의 성십자가 성당에 묻었다. 그리고 심장 없는 시신의 무덤 위에는 쇼팽이 항상 지니고 다녔던 폴란드의 흙을 뿌려주었다. 결국 그의 심장도, 그의 심장 없는 시신도 폴란드의 흙 아래 잠들 수 있었다.

쇼팽의 조국에 대한 사랑은 다행스럽게도 짝사랑으로 끝나지 않았다. 폴란드의 바르샤바 국제공항은 프레데릭 쇼팽 국제공항으로 이름을 바꾸었고, 그와 조금이라도 관련된 장소들은 모두 그를 기리기 위한 유적지로 바뀌었다. 그것뿐인가? 바르샤바의 횡단보도는 피아노 건반 모양이었다. 길을 건널 때마다 쇼팽을 기억해야만 했다.

조국에도 돌아가지 못하고 부모조차 볼 수 없는 쇼팽의 고독과 절망을, 상드는 연상녀 특유의 자상함으로 감싸 안았다. 그래서 처음에는 상드에게 미적지근했던 쇼팽이 나중에는 오히려 상드에게 매달렸는지도 모른다.

이들의 관계는 남녀의 관계가 완전히 뒤바뀐 것처럼 보인다. 허약하고 예민하고 신경질적인 쇼팽과 달리, 상드는 그 시대에 이혼을 하고 홀로 아이 둘을 키우며 남장을 한 채 담배를 피우며 돌아다닐 정도로 미래지향적인 여성이었으니까. 십여 년 동안의 사랑은 상드의 딸이 결혼하면서 생긴 갈등과 의견충돌을 극복하지 못

하고 결국 파국으로 치달았다. 상드가 반대하는 딸의 결혼을 쇼팽은 지지했던 것이다.

쇼팽은 상드와 헤어지고 얼마 뒤에 39세의 젊은 나이로 사망한다. 쇼팽은 죽기 전까지 상드를 보고 싶어 했지만 상드는 죽어가는 전 연인의 애원을 단칼에 거절했다. 오히려 상드의 딸이 아픈 쇼팽을 보러 갔다고 한다. 상드는 사랑할 때는 자신의 모든 것을 내어줄 정도로 희생적이며 불처럼 뜨겁게 사랑하지만, 헤어질 때는 얼음처럼 차갑고 냉정한데다 이기적이었다. 쇼팽과 십여 년을 함께 살았지만 쇼팽이 죽어간다고 해도 상드의 이별 법칙은 견고했다. 72세로 사망할 때까지 2천여 명과 정신적으로 혹은 육체적으로 사귀었다는 상드의 연애스타일은 그런 면에서 일관적이다.

평균적으로 짧은 기간, 평범함과는 거리가 먼 상대 숫자, 헤어질 때의 태도를 빌미삼아 사람들은 쇼팽에 대한 상드의 사랑을 폄하하곤 한다. 아니, 조르주 상드라는 인간 자체를 비난하곤 한다. 하지만 난 잘 모르겠다. 상드는 언제나 상대방을 위해 모든 것을 바쳤다. 반면 상드의 연애 상대는 대부분 상드의 배려와 희생을 받기만 하는 편이었다. 당시 상드는 최고의 원고료를 받는 인기 작가였다. 발자크 Honoré de Balzac, 프랑스의 소설가, 1799~1850, 빅토르 위고 Victor-Marie Hugo, 프랑스의 시인이자 소설가, 극작가, 1802~1885, 찰스 디킨스 Charles John Huffam Dickens, 영국의 소설가, 1812~1870 도 상드에게는 대적하지 못할 정도였다. 그래서인지 상드는 상대보다 가진 게 많기도 했다. 그것뿐인가? 1년에 소설 몇 편을 낼 정도로 다작을 하면서도 사랑하는 이를 위해 요리와 청소, 빨래 등 집안 살림은 반드시 손수 했다. 현대판 슈퍼우먼은 저리 가라 할 정도로 모든 일을 완벽하게 해내는 여자였다.

사랑은 아낌없이 자신의 모든 것을 내어주고, 상대를 위해 어떤 것도 감내할 수 있는 것이다. 그래서 상드는 사랑하는 동안은 계속 퍼주기만 했다. 바보처럼 퍼주기만 하면서도, 아무런 대가도 없는데 퍼주면서도, 멍청히 견뎠다. 그들의 무관심과 이기심에 상처 입어도 아픔을 꾸역꾸역 참으면서 상드는 웃었을 것이다. 자신의 모든 것을 내어주고 자신의 속이 텅 빌 때까지…. 그렇게 텅 비고 나서야 상드는 상대가 자신을 사랑하지 않았음을 깨달았을 것이다.

사랑의 시작에는 이유가 없지만 사랑의 끝에는 수많은 이유들이 끌려나온다. 사랑은 어떤 장애물도 뛰어넘을 수 있다고 믿었던 상드가 단순히 자신이 반대하는 딸의 결혼을 지지했다는 이유만으로 쇼팽과 헤어졌을까? 아마 그 사건이 계기가 되었을 뿐, 그 전부터 그들의 사랑은 이미 무너지고 있었을 터였다.

상드는 낭만주의 문학의 대표작가로 꼽힌다. 그녀의 작품에는 이상적인 사랑에 대한 동경심이 묻어난다. 하지만 그녀의 인생에서 사랑은 한 번도 이상적이지 못했다. 상드의 사랑은 언제나 끔찍한 상처만 남기고 끝나버렸다.

귀족인 아버지는 기억도 나지 않는 어린 시절 일찍 죽었다. 사창가 출신의 첩이었던 어머니는 상드를 할머니에게 버리고 떠나갔다. 16세 어린 나이에 결혼했던 남편은 상드의 유산을 노린 알코올중독자였고 시도 때도 없이 상드를 두들겨 팼다. 그렇게 그녀의 사랑은 처음부터 비극의 역사를 예고하고 있었다.

상드는 사회적 관습이나 규범에 저항하는 자유로운 사랑에 관한 글을 많이 썼고, 그녀 자신도 그렇게 살았다. 이혼을 하지 않은 상태로 연하남과 사귀고, 동거하는 애인의 주치의와 바람나기도 하고, 아들의 친구와 동거하기도 한다.

윤리와 도덕에 어긋난다고? 그 시절에도 상드는 사람들의 삿대질을 수없이 받았다. 그 모든 비난에도, 그 모든 장애에도 불구하고, 어쨌든 상드는 끊임없이 사랑했다. 그리고 우리가 꿈꾸는 이상적인 사랑이 존재한다고 믿었다. 비록 그 믿음이 배신당해도, 계속되는 배신에 상처 입어도, 상드는 다시 사랑을 찾아 헤맸다. 그래서 난 모순되게도 세상의 윤리에서 벗어난 상드의 사랑이 싫기도 하고, 언제나 비극으로 끝났던 상드의 사랑이 애처롭기도 하고, 그 모든 비극에도 결코 '사랑'의 존재에 대한 믿음을 버리지 않았던 상드가 존경스럽기도 하다.

관습이나 윤리적 잣대 따위는 사랑의 위대함을 훼손할 수 없다. 그 사랑이 온전하게 진실하다면 말이다. 상드는 언제나 미친 듯이 상대를 사랑했다. 그리고 사랑을 위해 자신을 완벽하게 희생하며 모든 것을 바쳤다. 그건 진짜 사랑이었다. 상드는 언제나 또다시, 용감하게, 사랑을 위해 모든 것을 내던졌다. 움츠리거나, 망설이거나, 의심하지 않고, 언제나 사랑을 선택했다. 이번에는 진짜 이상적인 사랑이라고 믿으면서, 이번에는 그의 사랑이 순수하고 영원하기를 기도하면서, 상처투성이 심장으로 다시 사랑을 시작했다.

덤불 속에 가시가 있다는 것을 안다.
하지만 꽃을 더듬는 내 손 거두지 않는다.
덤불 속의 모든 꽃이 아름답진 않겠지만
그렇게라도 하지 않으면
꽃의 향기조차 맡을 수 없기에

꽃을 꺾기 위해서 가시에 찔리듯
사랑을 얻기 위해
내 영혼의 상처를 견뎌 낸다.
상처받기 위해 사랑하는 것이 아니라
사랑하기 위해 상처받는 것이므로.

사랑하라. 인생에서 좋은 것은 그것뿐이다. ─조르주 상드의 〈상처〉

어쩌면 상드는 끝까지 사랑을 믿었기에, 사랑이라면 모든 것을 극복할 수 있다고 믿었기에, 비난받고 있는지도 모른다. 그러니 사랑을 믿지 않는 사람, 다시 사랑을 믿을 용기가 없는 사람이라면 상드의 길고 복잡한 남자관계를 비난하지는 말자.

en *Granada*

그라나다

알람브라를 비추는 달빛에는
마법 같은 무언가가 있다.
달빛 속에서 시간의 모든 균열과 틈,
모든 부패의 기미와 풍화의 얼룩은 사라지고
대리석은 태초의 흰빛을 되찾으며
길게 줄지어선 기둥들은 밝게 빛나고
부드러운 광채는 홀들을 밝히며
이윽고 궁전 전체가 아라비아의 옛이야기에 등장하는
마법의 궁전을 떠올리게 한다.

– 워싱턴 어빙, 〈알람브라〉 중에서(1832)

알바이신 Albaicín & 사크로몬테 Sacromonte

그라나다는 스페인의 여느 도시와 확연히 다른 느낌이 드는 도시이다. 개성을 뽐내는 바르셀로나, 햇살 아래 빛나는 코스타 델 솔, 우아한 마드리드……, 태양의 나라답게 밝고 긍정적인 다른 도시들과 달리 그라나다는 어딘지 모르게 서러운 한이 묻어난다. 마치 순식간에 젊음을 빼앗기고 늙어버린 초라한 노인이 후미진 골목에 쭈그리고 앉아 있는 듯하다.

8백년이라는 오랜 세월 동안 가장 화려했던 이슬람 도시는 처참하게 짓밟히고 버려졌다. 하지만 모스크 Mosque, 이슬람교의 예배당를 허물고 성당을 지었던 기독교인들도 차마 알람브라 궁전의 아름다움을 무너뜨릴 수는 없었다. 그래서 정복자들은 고의적인 무관심으로 알람브라 궁전을 폐허로 만들고 승리의 역사를 그라나다 곳곳에 새겨 넣기 시작했다. 그라나다의 길바닥 곳곳에는 그라나다(석류)가 선명하게 새겨져 있어 기독교인의 승리와 이슬람교인의 패배를 되새기게 만든다.

그라나다 정복의 영광은 스페인을 세계로 뻗어나가게 만들었고, 스페인 통일은 그라나다 정복으로 완성되었다. 아주 오랜 시간 준비하고, 더 오랜 시간 기다렸던 통일이었다.

1469년, 바야돌리드에 있는 후데비베로 궁전에서는 18세의 까스띠야 공주 이사벨과 17세의 아라곤 왕자 페르난도의 비밀 결혼식이 거행되었다. 이사벨은 이복오빠이며 까스띠야의 왕이었던 엔리께 4세의 결혼 반대에 왕궁을 탈출해 군대에 쫓기며 식장에 도착했다. 페르난도는 사람들의 눈을 피하기 위해 상인으로 변장하고 밤에만 이동하면서 식장에 도착했다. 수많은 사람들이 반대하는 결혼을 하는 두 사람은 행복했다.

엔리께 4세는 이사벨이 강대국 포르투갈로 시집가기를 바랐다. 아라곤의 귀족들은 아라곤이 까스띠야에 흡수될까봐 두려워 페르난도의 결혼을 막고 싶어 했다. 이웃나라 프랑스의 루이 11세는 까스띠야와 아라곤의 결합이 프랑스에 위협이 될 것이라는 생각에 못마땅했다.

반대하는 수많은 이들을 피해 몰래 하는 결혼식이었지만, 돈 한 푼 없어 결혼식 비용을 빌려야 했고, 근친혼이라 교황의 허락을 받아야 했지만 그들은 행복했다.

그리고 어린 부부는 기다림으로 결혼생활을 시작한다. 5년 뒤, 엔리께 4세가 죽자 이사벨은 까스띠야의 여왕이 되었다. 다시 5년 뒤, 페르난도 또한 아라곤을 물려받아 왕위에 오른다. 마침내 두 사람은 까스띠야와 아라곤의 힘을 합쳐 오랫동안 미루어 왔던 국토회복운동Reconquista, '재정복'이라는 단어의 뜻 그대로 이슬람교도에게 빼앗긴 이베리아 반도의 땅을 되찾자는 운동 또는 전쟁을 의미한다을 시작한다. 비밀결혼을 한 뒤 10년만이었다. 그리고 다시 13년, 그들은 마침내 마지막 이슬람 왕국 그라나다를 정복하고 스페인 통일을 달성한다. 교황 알렉산데르 6세는 두 사람의 위업을 기려 가톨릭 부부왕Los Reyes Católicos이라는 칭호를 하사한다.

이슬람을 완전히 몰아내고 통일을 달성한 이사벨 여왕은 한껏 들뜬 상태로 콜럼버스의 신대륙 탐험을 후원하겠다고 나섰다. 이사벨과 페르난도, 양왕兩王은 죽을 때까지 그라나다 정복을 자랑스러워했다. 그래서 죽어서도 그라나다에 묻히길 바랐다. 양왕은 결국 스페인 왕들이 묻히는 엘 에스꼬리알El escorial 대신 그라나다의 왕실 예배당에 묻혔다.

부부왕 중 훨씬 더 좋은 평가를 받는 사람은 항상 이사벨 여왕이다. 까스띠야가 훨씬 더 강대국이어서가 아니었다. 이사벨이 남편보다 훨씬 더 능력 있는 정치가였고, 스페인 통일을 위해 더 주도적인 역할을 했기 때문이다. 이사벨은 단 한 번도 자신을 '왕비'라고 생각하지 않았다. 그녀는 언제나 '여왕'이었다.

당시 이사벨은 절대적인 지지를 받았다. 오죽하면 체스의 말 중에서 퀸Queen이 강한 말이 된 것은 이사벨 때문이라는 속설이 있을까? 퀸은 원래 대각선으로 한 칸만 움직일 수 있는 약한 말이었지만 이사벨의 집권을 전후로 모든 방향으로 원하는 만큼 움직일 수 있는 가장 강한 공격용 말이 되어 버렸다.

이사벨이 강한 여왕이 된 건 그녀의 성장과정 덕분이었다. 그녀는 공주였지만 결코 공주처럼 자라지 않았다. 이복오빠 엔리께는 즉위하자마자 이사벨과 남동생을 유배 보낸다. 왕위를 위협한다

알바이신은 그라나다의 구릉지대로 알람브라 궁전이 지어지기 전, 이슬람 왕궁이 있던 곳이다. 그라나다에서 가장 오래된 모습을 간직하고 있는 알바이신은 유네스코 세계문화유산으로 등재되어 있다. 적의 침입을 막기 위한 구불구불하고 경사진 좁은 길과 안달루시아와 이슬람이 묘하게 조화를 이룬 건축물로 유명하다.

고 생각했기 때문이었다. 엔리께를 왕위에 올리기 위해 모든 노력을 다했던 이사벨의 어머니는 미쳐버렸다. 이사벨은 평민처럼 일을 하며 돈을 벌어 미친 어머니와 어린 남동생을 보살핀다. 어려움 속에서 그녀가 의지할 수 있는 건 오로지 천주교밖에 없었다.

그리고 오랜 기다림 끝에 기회는 조금씩 천천히 다가오기 시작했다. 엔리께의 외동딸이 실은 왕비가 외도로 낳은 딸이라는 소문이 퍼지고, 두 명의 왕을 받들게 되는 등 복잡한 정세 속에 이사벨의 남동생이 죽으면서, 이사벨은 까스띠야의 왕위 계승 서열 1위로 급부상한다. 이사벨은 이복오빠가 정해주는 강대국 포르투갈의 왕자와 결혼해 순탄하게 살 수도 있었다. 하지만 언제나 자신의 삶에 주도권을 가졌던 이사벨은 직접 결혼상대를 고르기 시작했다. 들리는 소문 따위는 믿지 않았다. 이사벨은 직접 선교사들을 각 나라에 보내 왕자들에 관해 조사를 하게 했다. 그리고 그 정보를 바탕으로 아라곤의 페르난도를 선택한다. 청혼도 먼저 했다. 청혼편지와 함께 혼전계약서도 보냈다. 결혼 후에는 까스띠야에 거주하며, 남편이 되어도 까스띠야의 재산이나 법률에 관여해서는 안 된다는 조항 등 혼전계약서의 대부분이 까스띠야의 여왕인 자신의 권리를 보장하고 까스띠야를 보호하기 위한 것이었다. 당시로서는 파격적일 정도로 완벽하게 현대적이며 평등한 결혼이었다.

그렇게 이사벨은 자신이 힘든 시절, 유일하게 자신을 위로해주고 자신에게 버틸 힘을 주었던 천주교를 위한 국토회복운동을 성공시켰다. 그리고 스페인의 위대한 여왕뿐만 아니라 현명하며 진

취적이고 적극적인 여성상의 모델이 되었다.

하지만 천주교를 향한 맹목적인 복종은 이사벨의 업적을 조금은 퇴색하게 만들었다. 이사벨은 이슬람교, 유대교, 천주교가 어우러져 살았던 자유로운 도시에서 천주교를 제외한 타 종교인들을 강제로 개종시키거나 내쫓았다. 집권 말기에는 종교재판을 허락해준 교황까지도 질릴 정도로 마녀사냥에 가까운 종교탄압을 일삼는다. 이사벨의 종교에 대한 신념은 거의 강박에 가까웠다. 어렵고 아픈 시기에 자신의 곁을 지켜준 유일한 존재, 종교에 대한 그녀의 은혜 갚기는 아이러니하게도 그녀의 인생에 명예와 불명예를 동시에 안겨주며 막을 내렸다.

이사벨 덕분에 스페인이 세계로 뻗어나가는 동안 그라나다는 서서히 잊히기 시작했다. 그리고 3백년이 넘는 시간 동안 기억 속에서 사라져 있었다.

워싱턴 어빙Washington Irving, 미국의 수필가 겸 소설가, 1783~1859이 스페인에 외교관으로 부임하면서 그라나다의 운명은 바뀌기 시작했다. 어빙은 방치된 채로 범죄자들과 부랑자들의 소굴로 변한 알람브라 궁전에 머물면서 이슬람의 전설을 담은 《알람브라》를 집필해 그라나다를 세상으로 끌어냈다.

스페인을 대표하는 기타 작곡가이자 연주가인 프란시스코 타레가Francisco de Asís Tárrega y Eixea, 1852~1909는 실연을 한 뒤 그라나다에 왔다가 〈알람브라 궁전의 추억〉이라는 명곡을 만들게 된다. 애잔하고 쓸쓸한 클래식기타 연주곡은 영화 〈킬링필드The Killing Fields, 1984〉

를 비롯해 수많은 드라마와 영화의 배경음악으로 쓰이며 알람브라를 세상에 알렸다.

그렇게 그라나다는 다시 돌아왔다.

하지만 이상하게도 여전히 서글프고 쓸쓸하다. 한 번 상처를 입으면 절대 예전으로 돌아갈 수 없다. 피를 토해내며 벌어졌던 상처가 아물어 딱지가 앉고 새살이 돋아날 수는 있지만, 흉터는 남는다. 그라나다는 세상에서 가장 아름다웠던 여자가 깊은 흉터를 새긴 채 사람들 앞에 나서야만 할 때의 슬픔과 고독이 스며 있는 듯하다.

알바이신 지구는 그라나다가 함락될 당시 가장 거세게 저항했던 곳이다. 이슬람식으로 지어져 눈처럼 하얀 벽은 온통 피투성이가 되었다. 비바람에 씻기고, 시간에 흐려진 검붉은 핏자국 대신 사람들은 검은색 페인트를 칠했다. 그래서 알바이신의 하얀 벽 아래쪽에는 검은색 페인트가 칠해져 있는 경우가 종종 있다.

전쟁 후, 추방을 당했지만 아프리카로 돌아갈 돈도 없었던 아랍인들은 폐허로 변해 버린 알바이신으로 숨어들어 갔다.

알바이신 지구에서는 알람브라가 한눈에 들어온다. 자신들의 삶의 터전이었던 나라를 빼앗기고, 자신들이 믿었던 신을 짓밟히고도 숨죽이며 살아야만 했던 그들은 하루에도 몇 번씩 마주치는 왕궁을 보며 무슨 생각을 했을까? 그들의 인생처럼 무너지고 부서지는 화려했던 왕궁을 맥없이 바라보기만 해야 하는 그들은 남몰래 얼마나 많은 눈물을 훔쳤을까?

알바이신에서 보이는 또 다른 쪽 언덕에는 집시들의 거주지인 사크로몬테Sacromonte가 있다. 집시들은 언덕의 경사면에 구멍을 파고 들어가 동굴을 만들고 살았다고 한다.

집시들은 아랍인들을 몰아내는데 공을 세워 정착을 승인받았다. 하지만 그전에도 분명 무단으로 사크로몬테에 살았을 텐데, 바로 이웃 마을인 알바이신이 피투성이가 되는 것을 보며 그들은 무슨 생각을 했을까? 죽어가는 이들 중에는 어린 시절 함께 뛰놀던 소꿉친구가 있을 지도 모르는데, 집시의 플라멩코를 보며 돈을 던져준 관람객이 있을 지도 모르는데, 굶고 있는 집시에게 먹을 것을 나눠 준 선한 누군가가 있을 지도 모르는데, 집시들은 정착하게 되어 마냥 행복하기만 했을까? 전쟁으로 폐허가 되어버린 그라나다에서 신나게 플라멩코를 추느니, 피투성이가 되어버린 알바이신이 보이는 사크로몬테에서 사느니, 차라리 마냥 떠돌던 과거의 삶으로 되돌아가고 싶지 않았을까?

행복해지고 싶었지만 행복할 수 없었던 사람들의 도시, 그게 바로 그라나다였다.

알람브라 궁전^{Palacio de la Alhambra}

아랍어로 '알 함라^{Al Hamra}', 즉 '빨강'이라는 뜻에서 유래했다는 궁
전의 이름과 달리 알람브라에는 세상의 모든 색들이 다 있었다. 수
많은 종류의 꽃과 나무가 가득한 정원은 계절마다 번갈아 옷을 갈
아입을 테고, 섬세한 장식들은 햇빛에 따라 모양이 달라질 것이다.
 지도를 들고 다니는데도 길을 잃을 정도로 넓은 궁전은 하루를
꼬박 돌아다녀도 못 본 곳이 나왔다. 종유석을 깎아 장식한 벽은
몇 천 년의 세월을 머금은 석회동굴의 신비로움을 풍겼고, 시에라
네바다 산맥^{Sierra Nevada, 스페인의 안달루시아 지방에 있는 산맥}의 눈을 녹여 흘
려보낸다는 분수는 끊임없이 반짝였다. 높은 언덕에 세워졌기에
창문을 열기만 하면 숨 막히게 아름다운 전경이 펼쳐진다. 평생을
이곳에 갇혀 살아도 좋을 것 같다는 생각이 잠시 스쳤다. 그리고
진짜 평생을 이곳에 갇혀 지낸 이들이 있다는 기억이 떠올랐다.

 하렘^{harem}. 금지된 장소를 뜻하는 아랍어 '하림^{حريم, harīm}'에서 유
래한 말로, 이슬람 사회에서는 부인들이 거처하는 방을 가리키는
명칭이다. 코란에서는 예언자의 아내들이 외부에 모습을 드러내는
것을 엄격히 금지하고 있는데, 이런 규칙들은 일반인들에게까지

알람브라 궁전은 이베리아의 마지막 이슬람 왕국이었던 그라나다의 궁전으로 원래 있었던 성채를 백년이 넘는 시간 동안 증·개축해 지금의 모습을 완성하였다. 알람브라를 파괴하지 않기 위해 그라나다는 항복하고 퇴각했다. 그라나다의 마지막 왕은 시에라네바다 산맥을 넘으며 '스페인을 잃는 것은 아깝지 않지만 알람브라를 다시 볼 수 없는 것은 안타깝구나.'라며 눈물을 흘렸다고 한다.

퍼져갔다. 여자들은 아버지, 아들, 가까운 친척을 제외한 남자들에게 얼굴을 보여서는 안 됐다. 눈을 제외한 얼굴을 야슈마크^{Yashmak}로 칭칭 둘러싸 가리는 것도 코란의 규칙에서 유래한 것이다.

사실 일부다처를 허용하는 이슬람교가 아니라도 수많은 여인을 거느린 지배자는 꽤 있었다. 우리나라만 해도 후궁을 비롯한 궁녀들은 모두 왕의 여자들이니, 그건 종교의 문제가 아니라 관습의 문제이다. 여인들을 관리하는 방법도 비슷했다. 왕의 모후가 가장 큰 권력을 지니고 있었고, 거세된 남자를 제외한 남자들의 접근을 막았다. 여자들 사이에는 엄격한 계급이 존재했고, 아들을 낳으면 그 신분이 상승했다. 왕의 관심을 받지 못한 대부분의 여자들은 궁전 구석에서 쓸쓸히 죽음을 기다렸다.

알람브라처럼 아름다운 궁전이라도 자유를 잃고 갇히는 건 고통이었을 것이다. 적어도 나에게는 그렇다. 그래서 나는 폐쇄적이고 강압적인 한국의 고등학교에서 부적응아가 될 수밖에 없었다. 자유로운 출석과 수업참여를 택한 나를 교사들은 그렇게 불렀다. 스스로 선택한 속박은 안정감을 줄 수도 있지만 강제적인 구속은 자유에 대한 갈증만 더할 뿐이다. 사회적 통념에서 벗어난 자유는 많은 대가를 치러야만 한다. 나 또한 그랬다. 하지만 후회하지는 않는다. 나는 항상 현재를 살아가려고 노력한다. 과거의 실수에서 교훈을 얻을 수는 있지만, 그 실수를 되새김질하면서 과거에 대한 후회로 현재를 낭비하지 않으려 노력한다.(물론 노력하는데 잘되지 않는다. 나는 항상 후회하는 인간이다.) 미래를 계획하고 준비하지만, 그

미래를 위한 준비에 얽매여서 현재를 무조건 희생하지 않으려 노력한다.(물론 노력하지 않아도 잘되고 있다. 나는 항상 준비성이 부족한 인간이다.)

어린 시절, 학교에서 나는 기다리는 법만 배워야 했다. 쉬는 시간까지 참고, 숙제를 다 할 때까지 미루고, 시험이 끝날 때까지 인내해야 했다. 우스운 건 사회에 나와서도 마찬가지였다는 것이다. 취직을 할 때까지, 결혼을 할 때까지, 집을 살 때까지……. 기다림의 시간은 끝도 없이 늘어나기만 했다. 어느새 나는 기다림의 시간 안에 갇혀 버렸다. 드넓은 궁전, 후미진 곳에서 기약 없는 왕의 행차를 기다리는 후궁이 된 기분이었다.

고등학교 시절 이미 기다림에 지쳤던 나는 여러 번의 시행착오 끝에 기다림을 선택하는 법을 깨달았다. 스스로 자유롭게 선택했다면, 기쁘게 기다릴 수도 있었고 혹은 기꺼이 기다리지 못한 대가를 치를 수도 있었다. 나에 관한 모든 결정은 스스로 내려야 하고, 그로 인한 결과는 오로지 혼자서 책임져야 하지만 자유에 대한 대가치고는 가벼웠다.

스페인 여행을 하느라 쓴 돈 때문에 여행 전후 몇 달 동안 쪼들리며 살아야겠지만 괜찮다. 평생 명품 백을 사지 못해도, 오르는 전세금에 또 이사를 해야만 해도 상관없다. 여행을 기다리며 행복했고, 여행을 하며 행복했고, 여행을 추억하며 행복할 테니까. 자유에 대한 대가치고는 가볍다.

en *Málaga*

말라가

가족을 희생시키고,
연인을 파괴하며,
피카소는 그의 사랑, 그림만을 위해 살았다.
그런 그에게 영원한 안식처였던 고향, 말라가.
천재에게도,
평범한 누군가에게도,
언제나 그리운 곳, 고향.
말라가는 그리운 내 고향을 닮았다.

피카소 Pablo Picasso

스페인에서는 피카소의 작품이 흔하다. 어지간한 규모의 미술관에는 반드시 피카소의 작품이 있다. 당연한 일이다. 스페인은 피카소의 고향이니까.

말라가의 피카소 생가는 피카소의 세례복과 사진 외에는 모조품만 가득한데도 사람들이 붐빈다. 열 살 무렵부터 피카소가 살았던 바르셀로나의 아길라르 궁전은 피카소 미술관으로 바뀌었다. 시골 간이역에조차 피카소의 작은 미술관이 있다. 피카소가 즐겨 갔던 4 Gats는 비싼 가격과 불친절함에도 늘 관광객이 몰려든다. 피카소는 스페인의 최대 관광 상품 중 하나이다.

비록 프랑코의 독재가 싫어 프랑스로 망명까지 했지만 위대한 천재에게도 언제나 그리운 곳이 고향인 모양이다. 피카소는 여름이면 말라가로 휴가를 왔다고 한다. 프랑코도 그 사실을 알고 있었지만 천재에 대한 예의로 피카소의 입국을 모른 척했다. 유명 관광지가 별로 없어서 한국 관광객들에게 외면 받는 곳이지만, 나는 피카소의 고향이라는 이유만으로 이곳에 숙소를 잡았다. 그리고 도착하자마자 후회했다.

한낮, 거리에는 지나가는 사람조차 찾기 힘들었다. 여름 휴가

철이라 상점도 거의 문을 닫았다. 쌓인 빨래 때문에 세탁소를 찾아 헤맸지만 있을 리가 없었다. 다른 도시와 달리 관광객을 위한 기념품점 하나 없었다. 도시 전체가 괴기영화에 나오는 것처럼 텅 비어 있었다.

모조품으로 가득한 피카소의 생가나 유명하지 않은 소품과 미완성품으로 가득한 박물관은 너무 시시했고, 알카사바^{Alcazaba, 과거 궁전}이자 요새로 쓰였던 건물을 말한다. 말라가의 알카사바는 보존상태가 우수한 것으로 유명하다의 아름다움에 감탄하기에는 날씨가 너무 더웠다. 게다가 말라가의 관광지는 스페인의 다른 관광지에 비해 사람이 너무 없어 내가 장소를 올바르게 찾아온 게 맞나 의문이 들 정도였다.

피카소가 태어났다는 것 외에는 아무것도 없는 곳이군. 친구와 나는 낙담해서 투덜거렸다. 하지만 호텔로 돌아가기엔 너무 일렀다. 그렇다고 다른 무언가를 찾아가기에는 너무 지쳐 있었다. 얼마쯤 망설이던 우리는 결국 어슬렁어슬렁 해변으로 향했다.

태양의 해변, 코스타 델 솔이 시작하는 곳, 봄과 여름밖에 없다는 뜨거운 태양의 도시, 말라가. 이미 해가 저문 후여서인지 끝까지 걸어가 볼 엄두가 나지 않는 긴 해변은 텅 비어 있었다. 정말 여기가 최고의 휴양도시 중 하나가 맞는 거야?

그때 멀리서 휘황찬란한 불빛이 보였다. 해변이 끝나는 곳이니 항구 비슷한 것이 있을 터였다. 정박한 보트나 배의 불빛이라기에는 너무 화려했다. 과연 저기에는 뭐가 있을까? 궁금했다. 그래도 망설여졌다. 꽤 멀어 보이는데 갔다가 되돌아올 자신이 없었다.

"기껏해야 택시비밖에 더 날리겠어?"

친구가 먼저 용감하게 발걸음을 옮겼다. 그렇게 우리는 그 화려한 불빛 안으로 들어섰다.

세상에나, 나는 입을 떡 벌린 채 바라볼 수밖에 없었다. 시내가 텅 비어 있는 이유가 있었다. 사람들은 모두 그곳에 나와 있었다.

여기저기서 쿵쾅거리는 음악 소리가 들렸다. 레스토랑과 바는 사람들로 발 디딜 틈이 없었다. 상점들은 자정에 가까운 시간에도 모두 문을 열고 손님을 맞고 있었다. 항구를 따라 길게 늘어선 노점상에는 헤아리기 힘들만큼 다양한 물건들을 팔고 있었다. 게다가 작지만 어린이를 위한 놀이동산도 있었다. 항구에는 거대한 유람선이 줄지어 정박 중이었다. 스페인 어디에서도 이렇게 번화한 곳을 본 적이 없었다. 무슨 축제라도 벌어진 것 같았다.

쇼핑을 좋아하지 않는데도 거의 반쯤 미쳐서 노점상을 기웃거렸다. 퀼트, 유리, 도자기, 철사, 단추……, 세상의 모든 재료로 만든 갖가지 수공예품들이 눈길을 끌었다. 팔찌, 귀걸이, 가방, 거울……, 노점상에는 여러 가지 물건들로 가득했다. 얼마나 지났을까? 배도 고프고 다리도 아팠다. 시간이 흘러 새벽 두 시가 넘어서도 항구를 따라 늘어선 레스토랑들은 붐볐다.

바다가 보이는 레스토랑에 앉아 타파스^{Tapas, 식사 전에 술과 곁들여 간단}히 먹는 소량의 음식로 배를 채우고, 술로 아픈 다리를 마비시키고 나니 피식 웃음이 났다. 만약 이곳에 오지 않았다면 말라가는 나에게 지루한 해변도시로 남았을 거라는 생각이 들었다. 실제로는 가장 화려한 해변도시임에도 불구하고 말이다.

나는 함부로 추측해서 판단하거나 편견을 가진 사람들을 싫어한다. 그런데도 내가 그런 실수를 할 뻔했다. 특별한 볼거리가 없다는 정보만으로, 시내에 사람들이 없었다는 이유만으로 말라가를 시골 읍내보다 구경할 게 없는 곳이라 생각했던 내가 싫어졌다. 앞으로는 절대 한두 가지 보이는 면만으로는 사람들을 판단하지 말아야지, 굳게 결심했다. 말라가처럼 그 사람도 내게 보여주지 않는 또 다른 모습을 숨기고 있는 지도 모르니까.

문득 극단적일 정도로 다른 모습의 말라가와 피카소가 비슷하다는 생각이 들었다.

예술가들 중에는 평범함과는 반대의 인생을 사는 사람들이 많다. 그들에게 보통의 삶, 평균적인 인생을 강요하고 싶지는 않다. '평범'이라는 게 과연 존재하는지도 의문인데다 어쨌든 나도 그렇게는 살아갈 자신이 없으니까. 그래도 그들의 인생이 세상이 정한 윤리 기준에서 벗어나는 건 싫다. 그 사람이 얼마나 대단한 천재성을 지녔건, 내가 그 사람의 예술을 얼마나 사랑하던지 말이다.

그래서 자신의 작품보다는 비도덕적 삶으로 더 유명한 예술가들이 예술가라는 이유로 면죄부를 받으면 심사가 뒤틀린다. 기준이란 모든 사람에게 공평하게 적용되어야 함에도 불구하고, 이상하게도 사람들은 예술가에겐 다른 사람보다는 헐거운 윤리적 잣대를 사용한다. 피카소도 천재라는 이유만으로 모든 윤리적 규범에서 예외가 된 인물 중 하나였다.

나는 피카소의 작품을 몹시 좋아한다. 피카소의 작품은 이해할 수 없는 본능적인 힘으로 내 눈길을 멈추게 만든다. 반 고흐Vincent van Gogh, 네덜란드의 화가, 1853~1890나 프리다 칼로Frida Kahlo, 멕시코의 화가, 1907~1954의 그림도 좋아하지만 피카소만큼 날 끌어당기지는 못한다. 어느 미술관을 가든 아무 정보 없이 내 발걸음을 멈추게 만드는 그림은 피카소의 것이다. 아마 색의 대비가 강렬한 작품을 좋아하는 편이라 그럴지도 모른다.

하지만 나는 피카소의 삶이 싫다. 내가 그렇게나 사랑하는 그림을 그린 사람의 인생이 맘에 들지 않는다. 피카소는 자신의 주위에 있는 사람들의 삶을 파괴시키는 인간이었다. 어쩌면 판타지소설에 나오는 요괴처럼 다른 이의 삶과 생기를 빨아들여 캔버스에 불어넣었을지도 모른다.

그는 언제나 사랑에 빠져 있었다. 오죽했으면 피카소의 작품 세계를 그의 인생에서 중요한 위치를 차지했던 7명의 여자와 함께 시대를 나누어 다루겠는가?

언제나 사랑에 빠져있다는 것이 문제가 되지는 않는다. 평생 사랑이라는 감정에서 벗어나오지 않고 살아가는 것은 어쩌면 모든 이들이 꿈꾸는 삶일지도 모르니까. 하지만 피카소의 사랑은 언제나 윤리를 파괴하고 상대를 산산조각냈다. 그 자신은 물론이고 상대의 결혼 유무는 아무런 방해가 되지 않았다. 손녀뻘인 여자를 유혹하는 건 쉬웠고, 친구의 여자나 동거녀의 친구와 바람이 나는 건 흔했으며, 여러 명의 여자와 사귀는 것도 당연시했다.

피카소하면 누구나 밝고 강렬한 빛깔로 그려진 입체파 그림을 떠올리겠지만, 그의 초기 그림은 우울하고 어두운 청색으로 가득하다. 친구인 카를로스 카사게마스와 함께 파리로 갔지만 그림은 팔리지 않았고, 형편은 나빠지기만 했다. 그러던 중 카사게마스가 좋아하던 여자 제르멘 가르가요를 죽이려다 실패하고, 권총자살을 한다. 친구의 자살이라는 충격은 그의 그림에 고스란히 투영된다. 게다가 피카소는 친구가 좋아하는 것을 알면서도 제르멘과 동침을 했기에 죄책감과 충격은 더 컸다.

다행히 우울하고 힘겨운 시절은 금세 지나갔다. 페르낭드 올리비에를 만나면서 피카소는 사랑을 시작하는 연인들이 흔히 그렇듯 세상을 장밋빛으로 바라보게 되었다. 하지만 피카소는 유명세를 타자마자 페르낭드를 버린다. 한때는 페르낭드가 도망갈까 봐 외출할 때는 가두어 놓기까지 할 정도로 집착했으면서도 말이다. 무명 시절 자신을 뒷바라지하던 페르낭드를 버린 죄책감이 컸는지, 아니면 페르낭드에게 질릴대로 질렸던 것인지, 피카소는 어떻게든 페르낭드와 연관된 사실을 감추려고 들었다. 8년이라는 오랜 세월 동거했으니, 페르낭드를 그린 그림도 많았다. 하지만 피카소는 그녀를 그린 그림의 제목에 그녀의 이름을 넣지 않았고, 일부러 다른 이름으로 바꾸기까지 했다.

페르낭드를 버리고 선택한 여자, 에바 구엘은 페르낭드의 친구이자 피카소의 친구 마르쿠스의 약혼녀였다. 하지만 에바가 결핵에 걸리자 피카소는 병이 옮을까봐 무서워 도망쳤다. 올가 코클로바를 만나 결혼까지 한 건 올가가 나름 상류층이었기 때문이었다. 45살에 만난 15살 소녀 마리 테레즈 발터를 6개월이나 쫓아다녀

피카소는 1881년 스페인 말라가에서 태어났으며, 1973년 프랑스 뮤쟁에서 사망한 입체파 화가이다. 본명은 Pablo Diego José Francisco de Paula Juan Nepomuceno María de los Remedios Cipriano de la Santísima Trinidad Ruíz y Picasso. 파블로(Pablo)가 이름, 루이지(Ruiz)가 아버지의 성, 피카소(Picasso)는 어머니의 성이다. 스페인은 일반적으로 아버지 성 뒤에 어머니 성을 붙여 같이 사용하며 할아버지나 할머니 등의 조상 이름까지도 넣기 때문에 이름이 긴 사람들이 많다. 피카소는 18세가 되었을 때 '예술에서는 자신의 아버지를 죽여야 한다.'며 어머니의 성만 쓰겠다고 선언했기에 파블로 피카소라 부르는 것이 일반적이다.

결국 마리를 임신시키고서도 재산분할이 싫어 올가와는 이혼해주지 않았다. 그리고 화가이자 사진작가인 도라 마르와 사랑에 빠졌다. 한 번은 마리와 도라가 피카소의 작업실에서 마주친 적이 있었는데, 서로를 멀뚱히 바라만 보고 있는 두 사람에게 '왜 싸우지 않고 바라만 봐?'라며 피카소는 싸움을 부추겼다. 결국 둘은 피카소가 바라는 대로 육탄전을 벌인다. 그렇게 올가, 마리, 도라와의 관계를 정리하지 않은 상태로 피카소는 프랑스와즈 질로와 동거를 시작한다. 질로는 4명 중 한 명의 여자로 10년을 견디다 피카소가 자신의 친구인 주느비에브와 바람을 피우자 마침내 그를 떠난다. 질로는 피카소의 곁을 스스로 떠난 유일한 여인이었다. 마지막으로 72세의 피카소는 35세의 자끌린과 두 번째 결혼식을 올린다. 자끌린은 피카소를 '주인님'이라 부르며 신격화할 정도로 떠받들면서 올가가 죽을 때까지 8년을 동거하다 마침내 정식 부인이 되어 죽음까지 함께할 수 있었다.

피카소가 스쳐간 여인들의 삶은 언제나 산산조각이 났다. 페르낭드는 피카소와의 생활을 묘사한 회고록을 출판하지 않는다는 조건으로 피카소에게 돈을 받아냈다. 그러나 자신이 죽을 경우 그 사실을 아무도 모를까봐 무서워 문을 열어놓은 채로 죽었다. 이웃들은 그 문으로 들어와 피카소가 준 돈을 모두 훔쳐갔다.

에바도 결국 혼자 쓸쓸하게 결핵으로 죽었다. 그리고 올가는 정신이 오락가락해 피카소가 데이트를 하는 곳에 홀연히 나타났다 사라지기도 할 정도였다. 결국 올가는 평생 정신병원을 들락거리다 죽어서야 피카소에게 벗어났다. 도라는 궁핍한 생활에도 피카소가 그려준 자신의 초상화를 차마 팔지 못하고 간직한 채 정신병원에서 외로이 죽었다. 피카소와의 관계에서 가장 독립성을 가졌던 질로마저도 정신과 치료에서 자유롭진 못했다.

무식하다고 피카소에게 구박만 받던 마리는 피카소가 죽은 뒤, 저승의 피카소를 보살피러 가겠다며 목을 매어 자살을 한다. 자끌린도 피카소의 생일날에 피카소의 무덤 앞에서 권총 자살한다. 피카소의 아들 파울로는 약물중독으로 죽었고, 손자인 파블리토는 피카소의 장례식 참석을 거절당하자 락스를 마시고 자살했다.

"피카소는 타인의 피로 그림을 그려요."

피카소의 손녀인 마리나 피카소는 그렇게 말했다.

난 언제나 사랑은 모든 것을 뛰어넘는다고 생각했다. 관습이나 윤리적 잣대 따위는 사랑의 위대함을 훼손할 수 없었다. 단 그 사랑이 온전하게 진실 되고 이상적이라면 말이다. 하지만 피카소의 사랑은 사랑일 수 없었다. 상대를 너덜너덜할 정도로 상처 입히는 건 사랑일 수 없었다. 적어도 내 사랑의 정의는 그랬다.

그 생각이 달라진 건 또 다른 피카소의 일화를 접하고 나서였다. 피카소는 집 안에 이런저런 물건이 생겨 어지러워지면 청소를 하는 것이 아니라 다른 집으로 이사했다고 한다.

"세상 사람 누구나 가지고 있는 에너지의 양은 같아. 보통 사람들은 여러 가지 하찮은 일에 그 에너지를 소비하지. 하지만 나는 단 한 가지, 그림에만 내 에너지를 소비해. 그림을 위해 다른 모든 것은 희생할 것이고, 거기에는 너를 비롯한 모든 사람들, 그리고 물론 나 자신까지 포함될 거야."

피카소는 청소 대신 이사를 택하는 이유를 설명하며 질로에게 그렇게 말했다.

어쩌면 피카소는 온전하고 진실 되며 이상적인 사랑을 했는지도 모르겠다. 바로 '그림'과. 그의 사랑은 단 하나밖에 없었다. 그 사랑을 위해서라면 아내도, 자식도, 그 자신마저도, 세상 그 무엇도 버릴 수 있었다. 그게 바로 사랑이니까. 그 사랑이 빛날 수 있다면 자신의 심장이라도 꺼내줄 수 있는 것, 그게 완벽한 사랑이니까. 피카소는 세상 누구보다 처절한 사랑을 했다.

그는 정말 행복했을까? 시대를 앞선 천재 예술가로서는 드물게 생전에 많은 부와 영광을 누렸고, 하고 싶은 대로 다 하면서 건강하게 90세가 넘도록 이기적인 삶을 누렸다. 그래도 궁금하다. 세상 모두를 피투성이로 만들고 빛나는 그의 사랑을 보며 그는 정말 행복했을까? 자신 때문에 불행의 늪에서 허우적거리는 가족을 보며 죄책감을 가지지는 않았을까? 인간이 아닌 예술과 사랑에 빠진 자신이 버겁지는 않았을까? 언제나 이 사람, 저 사람을 옮겨 다니는 불안정한 그 삶이 아슬아슬하지 않았을까?

아마 그는 행복했을 것이다. 그가 사랑하는 그림이 그의 곁에 남아 있었으니까. 그 어떤 상황에서라도 사랑만 있다면 행복할 수 있다. 그게 바로 사랑이니까.

en
Mijas 미하스

온 세상이 하얗다.
한여름의 태양이 내리쬐는데도 설원에 온 듯하다.
당장이라도 하늘에서 눈이 내릴 것만 같다.
하얀 벽에 반사된 햇빛조차 하얗다.
그곳에서는 나도 하얗게 변할 것만 같다.
어린아이처럼 순수하던 그 시절로 되돌아가는 것만 같다.

산세바스티안 거리 Las San Sebastian

이온음료 광고 속에 들어온 듯한 기분이다. 온통 하얀 도시의 건물 사이로 시원한 바람이 불었다. 미하스에서는 당나귀들이 끄는 수레, 동키택시가 가장 유명한 관광 상품이다. 워낙 작은 도시라 비르헨 데 라 페냐 광장Plaza Virgen de la Pena 옆 동키택시 정류장에서 출발한 지 30분도 되지 않아 미하스 전체를 모두 둘러볼 수 있었다.

바위를 뚫고 지어 '바위 성모 은둔지'라 불리는 비르헨 데 라 페냐 성당Ermita de la Virgen de la Pena 앞에 앉아 내려다보이는 하얀 집들 너머 저 멀리 보이는 푸엔히롤라Fuengirola, 말라가주에 있는 해변도시의 바다를 감상하고도 시간이 남았다. 그래서 다시 거리로 나섰다.

미하스에서 가장 아름답다는 산세바스티안 거리. 일본인들이 좋아하는 관광지답게 일본어 안내판이 흔했다. 상점들도 꽤 많고, 파는 물건도 다양했다. 그저 거리 자체가 볼거리인 곳이라 미하스에서 특별히 계획한 일정도 없었다. 그래서 '텀블러Tumbler, 굽이나 손잡이가 없고 바닥이 납작한 큰 잔'를 목표로 잡았다.

언젠가부터 여행지에 가면 텀블러를 사기 시작했다. 워낙 장식품을 좋아하지 않는 편이라 기념품으로는 실용적인 것을 선호하는 성격 탓이었다. 게다가 물건을 사용하면서 여행을 추억하는 일

미하스는 기원전 6세기경에 타르테소스
(Tartessos)인들이 세운 마을로 흰색 벽으
로 특징 지어진 안달루시아 전통 양식의
집들이 언덕을 따라 들어차 있어, 아름
다운 경치로 유명하다.

은 피곤한 일상에 꽤 위로가 됐다. 처음에는 특이한 펜을 사 모았는데, 너무 많은 펜이 모이면서 쓰기도 전에 잉크가 말라서 굳어버려 텀블러로 바꾸어 모으기 시작했다. 문제는 스페인에 텀블러가 흔치 않다는 데 있었다. 도자기로 된 머그컵은 많았는데 텀블러는 찾아보기 힘들었다. 결국 그날도 난 텀블러를 찾는데 실패했다.

하지만 다른 곳에서는 볼 수 없는 기념품을 하나 발견했다. 길고 두꺼운 철사 꼭대기에 도자기로 만든 작은 부엉이가 꽂혀 있는 장식품이었다. 철사를 화분에 꽂아두면 초록색 식물 사이로 부엉이가 보였다. 한 번도 보지 못했던 특이한 기념품인데다. 화분 키우기가 취미인 엄마에게 적당한 기념품이라 한참을 고민했다.

스페인의 기념품은 도자기가 많다. 먼지 닦기를 귀찮아하는 나조차도 탐나는 제품들이 많았다. 하지만 고가의 가격은 제쳐두고서라도 그 도자기가 남은 여행기간 동안, 또 경유까지 해야 하는 비행 동안 온전한 상태로 남을 수 있을지 의문이었다. 그래서 그때까지 도자기류는 사지 않았었다. 망설이고 고민했지만 결국 난 그 도자기 장식품을 사고 말았다.

호텔로 돌아가 다음 날 아침 일찍 떠날 준비를 하기 위해 짐을 싸는데, 캐리어가 잠기지 않았다. 짐이 너무 많아서였다.

서울을 떠날 때, 내 여행용 캐리어는 빈 공간이 넉넉했다. 그나마 짐의 절반 이상은 한식과 세면용품이었다. 여행 전날, 캐리어를 열어둔 채, 잊고 챙기지 않은 물건은 없는지 확인하면서 빈 공간에 뭘 더 넣어갈까 말까를 고민하다 깨달았다. 세상을 살아가는

데 그리 많은 것이 필요한 것은 아니구나. 겨우 가방 하나 채우지 못할 정도만 있어도 충분하구나. 이렇게 몇 가지의 물건만 있다면 살 수 있었구나. 그런데도 나는 참 욕심을 많이 내며 살았구나.

그렇게 물욕의 허망함을 깨달은 지 한 달도 되지 않아, 나는 꾸역꾸역 캐리어를 채우고 있었다. 한식과 세면용품이 사라지고 난 공간까지 기념품이 잠식해 버렸다. 역시 나는 어쩔 수 없이 소유에 집착하는 사소한 인간이었다.

결국 나는 텀블러도 기어이 사왔다. 스페인 여행을 마칠 때까지 내가 발견한 텀블러는 세 종류였다. 스타벅스, 레알 마드리드, FC 바르셀로나. 스타벅스의 텀블러는 하필이면 내가 시드니에서 사온 텀블러와 디자인이 똑같았다. '시드니'라는 로고 대신 '스페인'이라 적혀 있는 것만 달랐다. 레알 마드리드와 FC 바르셀로나의 로고가 박힌 2종류의 텀블러 중에서 선택해야만 했다. 나의 선택은 FC 바르셀로나. 그 팀 선수들 중 한 명의 이름도 외우기 힘들지만, 마드리드보다 바르셀로나를 더 사랑했고, 왕실의 축구팀보다는 시민의 축구팀이 좋았다.

여행 내내, 나의 짐은 부피생장을 거듭했다. 커다란 일회용 가방까지 샀지만 역부족일 정도였다. 결국 나는 여행 마지막 날, 스페인 여행 내내 신고 다녔던 운동화까지 버렸다. 그리고 세고비아에서 산 10유로짜리 플랫슈즈를 신고 스페인을 떠났다.

07

en
Ronda 론다

나는 꿈의 도시를 찾아다녔다.
그리고 마침내 론다에서 그곳을 찾았다.

- 라이너 마리아 릴케(그가 머물렀던 레이나 빅토리아 호텔에 남긴 글)

누에보 다리 Puente Nuevo

아찔할 정도로 좁고 깊은 협곡. 가깝지만 멀 수밖에 없었던, 협곡을 사이에 둔 작은 마을 두 곳. 그리고 그 마을을 연결하는 다리. 저 아래 보이는 드넓은 평원을 두고 어찌 이 절벽 위에 마을이 들어섰는지 의문스러웠다. 하지만 거대한 절벽 위 누에보 다리에서 아래를 내다보고 있노라면 의문이 사라진다. 온 세상이 한눈에 들어오는 풍광은 모든 불편을 감수할 만큼 아름답다.

원래 있던 다리가 무너지고 새로 지은 다리, 누에보. 그래서 이름도 '새로운 다리'라는 뜻이지만 사실은 지은 지 2백년이 넘은 다리이다. 1751년에 시작해 42년이나 걸린 공사, 골짜기 바닥에서 시작해 하나하나 벽돌을 쌓아 올렸던 기나긴 시간, 건축가의 입장에서는 완공이 자랑스러웠을 만하다. 완공에 감격해 다리 측면에 자신의 이름과 날짜를 새기려다 추락하면서도 드높이 솟아 있는 다리를 바라보며 뿌듯했을지도 모르겠다.

론다의 명성에는 헤밍웨이Ernest Miller Hemingway, 미국의 소설가, 1899~1961가 큰 기여를 했다. 헤밍웨이는 스페인 내전 당시 종군기자였고, 그 경험을 바탕으로 《누구를 위하여 종은 울리나》를 썼다. 소설에는 공화국 정부군이 프랑코의 반란군에게 두들겨 맞은 뒤 누에보 다리 아래 낭떠러지로 내던져지는 장면이 등장한다. 물론 실화를 바탕으로 한 장면이다. 지금은 다리 역사와 건축에 관한 박물관이 되었지만 누에보 다리 가운데 있는 방은 스페인 내전 당시 고문실이나 교도소로 쓰였다. 가끔은 포로가 창밖으로 내던져지기도 했다.

《누구를 위하여 종은 울리나》는 몬태나 대학의 스페인어 강사로 근무하던 미국인 로버트 조던이 스페인 내전에 참가하면서 벌어지는 이야기이다. 좋은 비평과 높은 판매고를 기록한 소설은 나온 지 2년 만에 영화로도 만들어졌다. 파라마운트사의 창립 40주년 기념작인 영화의 주연은 헤밍웨이의 친구인 게리 쿠퍼Gary Cooper, 미국 출신의 영화배우, 1901~1961와 잉그리드 버그만Ingrid Bergman, 스웨덴 출신의 영화배우, 1915~1982이 맡았다. 어린 시절, 토요일 주말의 명화 시간에 본 기억이 난다. 소설도, 영화도 흥행의 요소는 충분히 갖추었다. 일단 전쟁이라는 극단적인 배경 위에, 인류와 정의를 위해 타국의 전쟁에 뛰어든 청년, 가족을 잃고 강간당한 상처를 간직한 아름다운 여자가 주인공이니 사람들의 흥미를 끌만하다. 게다가 청년은 그 여자를 살리기 위해 자신의 목숨을 버린다. 역시 사랑은 비극으로 끝나야 여운이 길게 남는 법이다.

소설의 주인공 로버트 조던처럼 프랑코에 대항하기 위해 스페인으로 향한 사람들은 꽤 많았다. 다양한 이념을 가진 다양한 국적의 사람들이 시민의 정부를 지키기 위해 모여들었다. 이들은 국제 여단이라고 불렸는데, 전쟁이 끝날 때까지 50여 개 국가에서 5만여 명이 참전했다. 자신의 신념을 지키기 위해 목숨을 걸 수 있는 사

누에보 다리는 타호 협곡(El Tajo gorge)에 놓인 다리
이다. 론다의 구시가지와 신시가지는 과달레빈강
(Río Guadalevín)이 흐르는 협곡으로 갈라져 있다. 그
두 곳을 연결하기 위해 건설한 3개의 다리 중 누에
보가 가장 늦게 완공되었다. 타호 협곡의 돌을 연
마해 쌓아올린 다리의 높이는 98m에 이른다. 전
세계의 사진작가들이 가장 찍고 싶어 하는 장소들
중 하나로 유명하지만, 촬영 기술이 부족한 내게
는 한 컷 안에 담아내기 힘든 장소이기도 했다.

람이 그렇게나 많다는 게 믿기지 않을 정도로 놀랍고 다행스럽다.

참전한 의용군 중에는 유명인도 많았다. 파블로 네루다^{Pablo} $_{Neruda,\ 노벨\ 문학상을\ 수상한\ 칠레의\ 시인이자\ 정치가,\ 1904~1973}$는 페데리코 가르시아 로르카$^{Federico\ García\ Lorca,\ 스페인의\ 시인이자\ 극작가,\ 1899~1936}$의 죽음에 충격을 받고 스페인으로 향했다. 로르카는 스페인 내전 중 고향인 그라나다에서 프랑코군에게 끌려가 총살당했다. 파블로 네루다는 파리에서 망명해오는 스페인 사람들을 돕기도 하고, 스페인 망명객들을 이끌고 칠레로 갔다가 입국이 거절되기도 했다. 앙드레 말로$^{André\ Malraux,\ 《인간의\ 조건》을\ 쓴\ 프랑스\ 작가,\ 공보부\ 장관과\ 문화부\ 장관을\ 지내기도\ 했다.}$ $_{1901~1976}$는 자신의 명성을 이용해 군용기 구입을 주선하고 참전했다가 부상으로 귀국한다. 조지 오웰$^{George\ Orwell,\ 본명은\ 에릭\ 아서\ 블레어Eric}$ $_{Arthur\ Blair,\ 《동물\ 농장》,\ 《1984년》을\ 쓴\ 영국\ 작가,\ 1903~1950}$은 참전 중 목에 관통상을 입기도 했다. 헤밍웨이도 정부군에게 4만 달러를 지원하고, 정부군에 협력하여 영화 〈스페인의 땅〉의 제작에도 참여했다.

론다를 '애인과 함께 머무르기에 가장 로맨틱한 도시'라고 말했던 헤밍웨이는 여름이면 론다 구시가지에 와서 살았다. 절벽 가장자리를 따라 난 길은 헤밍웨이가 산책했던 길이다. 한 걸음만 내딛으면 금방이라도 떨어질 것 같은 절벽, 울타리가 있어도 아슬아슬하다. 그래도 저 아래 펼쳐진 평원에서 눈을 뗄 수가 없다. 산책로는 항상 위험을 즐겼던 그의 삶과 닮아 있었다. 전쟁터에 뛰어들고, 스파이 활동을 하겠다고 설치고, 언제 들통 날지 모르는 어이없는 거짓말을 일삼고……

헤밍웨이는 가장 인기가 많은 노벨상 수상 작가 중 한 명이지만, 아무리 위대한 작가라도 언제나 작품성과 대중성을 동시에 갖추기는 힘든 법이다. 그래서인지 헤밍웨이의 소설들은 극단적인 찬사와 처참할 정도의 혹평을 번갈아 받았다. 헤밍웨이의 소설은 마치 그의 삶처럼 롤러코스터 같았다. 삶에 대한 깊은 철학이 담긴 소설도 있지만, 허풍스럽기만 한 졸작도 있었다.

소설가라는 직업은 기본적으로 '거짓말쟁이'일 수밖에 없다. 헤밍웨이도 마찬가지이다. 제1차 세계대전 때 헤밍웨이는 적군의 포격으로 다리에 부상을 입고 훈장까지 받으며 전쟁 영웅이 되었다. 미국인 최초의 부상자였기 때문이다. 하지만 사실 헤밍웨이는 담배, 간식 등을 배달하는 적십자 운전병이었을 뿐이었고, 근무 기간도 몇 주에 불과했다. 물론 아군의 사기 진작을 위한 군수물 자공급도 중요하긴 하지만, 전투와는 아무 상관이 없었다. 《무기여 잘 있거라》를 읽은 독자라면 배반감을 가질 만하다.

《무기여 잘 있거라》는 제1차 세계대전에 참전한 미국인 프레드릭 헨리 중위와 영국인 간호사 캐서린 버클리의 사랑 이야기이다. 부상당한 헨리 중위와 그를 간호하던 캐서린의 사랑은 영화화까지 됐다. 소설은 분명 헤밍웨이의 경험을 바탕으로 쓰인 것이 맞다. 단지 아주 많이 사실과 다를 뿐이다. 헤밍웨이는 다리에 박힌 파편 제거를 위해 입원했던 병원에서 간호사인 아그네스 폰 쿠로프스키를 만나 사랑에 빠졌다. 하지만 아그네스는 헤밍웨이의 사랑을 단호히 거절했다.

실제 경험과 소설의 괴리, 그게 바로 헤밍웨이의 인생을 항상

꼬이게 만들었다. 사자와 싸우다 발톱에 긁혔다고 했지만 실은 서커스단 사자와 장난치다 긁힌 것이었고, 제2차 세계대전 당시에는 종군기자 신분으로 총을 차고 다니며 지휘관 행세를 하다 군법회의에 회부되었고, 자신의 낚싯배로 독일의 U-보트를 나포하겠다며 설치다 FBI 국장 후버에게 찍혀 죽을 때까지 사찰을 받았다.

아마 헤밍웨이는 자신의 인생이 그리 마음에 들지 않았던 모양이다. 그래서 소설 속에서는 자신이 원하는 인생을 그렸을 것이다. 실연을 당한 것이 아니라 사랑을 나누는 것으로, 잔심부름꾼 노릇이나 하는 것이 아니라 스파이 활동을 하는 것으로……. 아마 그런 간절한 바람이 녹아 있기에 짧고 간결한 문장에서 그리 강한 인상이 풍기는지도 모르겠다.

《노인과 바다》는 헤밍웨이에게 퓰리처상은 물론 노벨문학상을 안겨 준 작품이고, 아직까지도 헤밍웨이의 소설 중 가장 많이 팔리는 작품이다. 그리고 당연히 그의 인생과 어색하게 맞물린다.

몇 달 동안 물고기를 잡지 못한 노인 산티아고는 10년 동안 글을 완성하지 못한 헤밍웨이와 닮았다. 운이 다했다며 동네 사람들이 산티아고를 슬금슬금 피하듯, 평론가들은 10년 만에 출간한 소설 《강 건너 숲 속으로》가 헤밍웨이의 필력이 바닥으로 떨어진 증거라며 모욕적인 혹평을 서슴지 않았다. 다행히 그 뒤에 발표한 《노인과 바다》는 폭발적인 대중의 인기와 함께 평론가들의 찬사를 받으며 성공을 거두었다. 꼬박 이틀 동안의 싸움 끝에 거대한 청새치를 잡은 산티아고처럼 말이다. 그리고 힘들게 잡은 청새치가 상어들에 의해 뜯어 먹히고 뼈와 대가리만 남은 상태가 되듯이, 헤밍웨이는 이 작품을 쓰고 난 뒤 더 이상 글을 쓸 수 없을 정도로 지쳐서 정신이 피폐해져 갔다.

전기충격까지 사용할 정도로 심각한 우울증은 정신병원 입원과 퇴원을 반복하는데도 나아지지 않았다. 헤밍웨이의 집안은 정신적으로 문제가 많다. 아버지, 두 누이와 남동생, 슈퍼모델 손녀가 모두 자살했으며, 헤밍웨이의 아들 3명 중 2명이 정신질환을 앓았다. 헤밍웨이도 유전자의 저주를 피할 수는 없었다. 헤밍웨이의 계속되는 자살 시도는 결국 성공으로 이어졌다.

"인간은 파괴될 수는 있어도 패배할 수는 없다."

《노인과 바다》에서 청새치를 지키기 위해 상어와 싸우면서 산티아고는 그렇게 말했다. 헤밍웨이는 스스로를 파괴했다. 하지만 결코 삶에 패배하지는 않았다. 우리가 그를 위대한 작가로 기억하는 한, 그는 언제나 승리자이다.

헤밍웨이 덕분에 유명해진 도시인데도 론다에는 헤밍웨이의 흔적이 별로 없다. 아니, 정확히 말하자면 론다는 헤밍웨이를 팔지 않는다. 자신들이 추방하고도 헤밍웨이를 팔아먹고 사는 쿠바의 아바나와는 확연하게 차이가 난다. 사실 쿠바도 헤밍웨이를 뛰어넘는 상품인 '체 게바라 Che Guevara, Ernesto Guevara de la Serna, 아르헨티나 태생의 쿠바 정치가, 1928~1967'가 나와서 헤밍웨이 열풍이 많이 식기는 했다.

론다에서도 시간이 흐르면 헤밍웨이가 머무르던 집, 산책로, 단골 술집, 단골 레스토랑 모두가 비싼 관광 상품이 될 거라고 생각했었다. 하지만 론다는 처음 왔을 때 그대로였다. 마치 헤밍웨이가 그런 상품화를 싫어한다는 것을 알고 있는 듯이 말이다.

헤밍웨이는 스페인에 머무를 때 피카소를 찾아간 적이 있었다. 당시에도 피카소는 유명한 천재화가였다. 피카소의 건물 관리인은 피카소를 방문하는 사람에게 항상 뭔가를 요구했고, 피카소는 그걸 알면서도 묵인했다. 피카소의 관점으로는 자신처럼 위대한 화가를 만나려면 그 정도 뇌물과 장벽은 당연했다. 어쨌든 관리인은 헤밍웨이에게도 뇌물을 바랐다. 헤밍웨이는 당장 지프로 가서 상자 하나를 들고 왔다. 그리고 '피카소에게, 헤밍웨이로부터'라고 적었다. 상자를 열어 본 관리인은 화들짝 놀라 뒤로 자빠졌다. 상자 안에는 수류탄이 한가득 들어 있었다. 이 일화를 접했을 때, 헤밍웨이의 위트 가득한 대응에 이상하게도 내 속이 후련했다.

자본주의는 인간의 삶에 많은 영향을 끼쳤다. 모든 것이 그렇듯 긍정적인 면도 있었고, 부정적인 면도 있었다. 유명인을 관광 상품으로 만드는 것도 마찬가지이다. '헤밍웨이가 걸었던 길'이라는 표지판이 있다면, 그 길을 걷고 싶은 사람이 어딘지 몰라서 헤매지 않아도 된다. 하지만 표지판 옆에 매표소가 있고 비싼 입장권을 끊어야 한다면, 눈살을 찌푸릴 수밖에 없다. 그런 면에서 모든 것의 존재가치가 돈으로 바뀌지 않은 도시, 론다는 내 마음에 꼭 드는 도시이다.

론다의 투우장Plaza de Toros

스페인에 처음 왔을 때는 투우장이 있는 곳이라면 언제라도 투우를 볼 수 있었다. 지금은 까딸루냐 지방에서는 투우가 금지되었다. 동물보호단체의 반발로 인해서라고 하지만 사실 투우가 까스띠야 지방의 전통이기 때문이다. 반면 스페인 중앙 정부는 전통을 지키겠다며 투우를 국가문화유산으로 지정하는 법안을 통과시켰다. 이래저래 까딸루냐와 까스띠야는 대립각을 곤두세운다.

스페인에서는 시간이 잘 지켜지지 않는다. 코리안타임이 아니라 스페인타임이다. 한 번은 열차가 연착한 적이 있었는데, 플랫폼에 기다리고 있던 사람들은 전혀 짜증내거나 안달하지 않았다. 그저 그러려니 하고 기다렸다. 다음에 도착하기로 했던 열차들이 먼저 왔다가 출발하고, 연착시간이 2시간을 넘어가자, 그제야 직원에게 항의를 하며 이유를 물어보는 사람이 생겼다. 하지만 직원도 이유를 모르는 모양이었다. 결국 나는 3시간이나 연착한 열차를 타기 전까지 안내방송 한 번 듣지 못했다. 혹시나 사고였을까, 아니면 고장이었을까, 너무나 궁금해 숙소에 도착하자마자 뉴스채널을 틀었지만 잠들 때까지 화면에는 열차 비슷한 것도 나타나지 않았다.

이렇게 시간관념이 느슨하고 여유로운 스페인에서 절대적으로 정시에 시작하는 것이 있으니 그게 바로 투우 경기이다. 햇빛의 각도 때문에 경기를 보는데 방해를 받을 수도 있기 때문이다. 그 래서 투우장의 좌석표는 투우사를 가까이 볼 수 있느냐 뿐만 아니 라 햇빛에 따라서도 등급이 갈린다. 그늘이 지는 자리, 해가 지면 서 서서히 그늘이 되는 자리, 내내 햇볕이 내리쬐는 자리 중에서 그늘이 제일 비싸다. 이렇게 복합적으로 작용하는 조건 때문에 어 떤 경우에는 입장권이 몇 십 종류가 넘기도 한다.

처음 투우를 접하는 사람이라면 우르르 나와서 인사를 하는 투우사들이 당황스러울 것이다. 나도 그랬다. 당연히 붉은 물레 타Muleta, 투우사가 사용하는 막대에 매단 붉은 천를 든 투우사 한 명만 나올 것이라 생각했는데 꽤 많은 사람들이 나왔다. 나중에서야 우리 가 흔히 알고 있는 붉은 물레타를 든 투우사가 주인공인 마따도 르Matador이고, 그 외에도 창을 던지는 삐까도르Picador, 작살을 꽂 는 반데리예로Banderillero가 있다는 것을 알았다.

나팔소리가 울리고 경기가 시작되었다. 하루 동안 암흑 속에서 갇혀 있던 황소는 햇빛이 가득한 경기장으로 나오면 흥분한다. 그 황소를 향해 투우사들은 붉은 물레타를 흔든다. 황소는 약이 잔 뜩 올라 물레타를 향해 달려든다. 시간이 흐르며 소는 점점 지쳐 간다. 혁혁대는 황소의 거친 숨소리가 들리는 듯하면, 삐까도르가 말을 타고 등장해 황소를 향해 창을 던진다. 창에 맞은 황소의 등 에서 피가 솟아오르기 시작한다. 그래도 황소는 주저앉지 않고 꿋 꿋하게 서 있다.

론다의 투우장 입구에는 유명한 투우사 2명의 동
상이 우뚝 서 있다. 오른쪽 동상은 안토니오 오
르도녜스(Antonio Ordoñez, 론다 출신 유명투우사. 그의
가문이 론다의 투우장을 소유하고 있다. 1932~1998). 워
낙 독보적인 스타 마따도르였으며, 헤밍웨이나
오손 웰스(Orson Welles, 미국의 영화감독이자 제작자,
배우 및 각본가, 1915~1985) 등의 유명인들과도 친
분이 두터웠다. 헤밍웨이의 소설 《위험한 여름》
의 주인공은 안토니오 오르도녜스를 모델로 했
다. 다른 동상은 론다에서 데뷔 무대를 치른 까
예따노 오르도녜스(Cayetano Ordóñez, 스페인의 투우
사, 1904~1961)로 그 역시 헤밍웨이의 소설 《태양
은 다시 떠오른다》의 투우사 로메로의 모델이다.

그 황소를 향해 반데리예로가 작살을 들고 덤빈다. 하나, 둘, 셋, 넷, 다섯, 여섯. 6개의 긴 작살은 황소의 목과 어깨에 꽂혀 흔들린다. 작살의 반동으로 벌어진 상처에서 흘러내린 피가 황소의 등을 적신다. 황소가 휘청거린다. 뚝뚝, 피가 떨어져 내려 흙바닥을 물들인다.

드디어 주인공인 마따도르가 나왔다. 황소는 작살을 주렁주렁 매단 채 붉은 물레타를 향해 돌진한다. 아슬아슬하게 마따도르가 황소의 뿔에서 비켜설 때마다 관중들의 함성이 커진다.

"올레!"

몇 번이나 그 우렁찬 함성 소리를 들었을까? 마침내 마따도르가 칼을 들어 황소를 찔렀다. 황소가 바닥에 주저앉았다. 하지만 황소는 끈질기게 버텨낸다. 다시 일어나려 발버둥을 친다. 간신히 일어섰을 때, 삐까도르와 반데리예로가 단도를 들고 나타난다. 그들은 작은 칼로 계속해서 황소의 이마를 찔러댄다. 그들이 찔러댈 때마다 황소는 움찔하며 피한다.

황소는 더 이상 싸울 힘이 남아 있지 않다. 일어서 있을 힘조차 없다. 바닥에 드러누웠다. 그래도 날카로운 칼끝은 계속 황소를 겨눈다. 황소는 더 이상 고개조차 가누지 못했다. 그리고 마지막으로 단도가 황소의 목 깊숙이 박힌다. 관중들이 하얀 손수건을 머리 위로 돌리며 환호했다. 마따도르는 황소의 귀 한쪽을 받았다. 관중들의 존경을 받는다는 상징이었다. 훌륭한 경기를 펼치면 귀 두 쪽을 받고, 더 훌륭한 경기를 펼치면 귀 두 쪽과 꼬리까지 받는다. 황소의 귀를 든 마따도르가 인사를 할 때, 나는 밖으로 나와 버렸다. 보통 투우는 20분씩, 여섯 경기가 이루어졌다. 하지만 난 더 이상 볼 마음이 없었다.

마따도르는 살해자였다. 그 단어의 뜻 그대로.

문화와 전통은 나라마다 다르다. 누군가는 바퀴벌레 튀김을 먹는 태국 사람을 보며 눈살을 찌푸리고, 누군가는 보신탕을 먹는 우리나라 사람을 보며 구역질을 하고, 힌두교인은 신성한 소를 먹는 사람을 이해하지 못한다. 성기의 일부를 제거하거나 절개하는 할례는 아직도 세계 곳곳에서 행해지고, 가문의 명예를 더럽혔다는 이유로 행해지는 명예살인은 신문지상에 종종 오르내린다. 도대체 문화와 전통이라는 이유로 어디까지 용납되어야 할까?

누구도 규정지을 수 있는 자격은 없다. 인간은 누구나 태어나면서부터 특정 문화와 관습에 노출되기 마련이고, 그로 인해 생성된 가치관은 다른 문화를 판단할 때 편견으로 작용할 수밖에 없다.

그저 난 죽음을 오락거리로 삼은 것이 불편했다. 인간은 잔인한 동물 중 하나이다. 배고파서 먹이로 삼기 위해서가 아닌 단순한 흥미로 사냥을 하는 동물은 인간이 유일하다고 한다.

모든 생명은 똑같다. 적어도 내 기준에서는 그렇다. 인간의 생명이 똑같은 가치를 가지듯 모든 생명은 그 나름의 가치를 가진다고 생각한다. 비록 우리가 생존을 위해 서로를 괴롭히고 이용하지만, 생명의 존엄성을 훼손하는 건 죄악이 아닐까?

어떤 유명인이 자신은 동물보호를 위해 모피를 입지 않는다며, 모피를 입는 이들을 은근히 무시하는 인터뷰를 본 적이 있다. 그

론다의 투우장은 스페인에서 가장 오래된 투우장으로, 투우가 처음 시작된 곳으로 추측된다. 1784년 완공되었으며 최초의 투우 경기는 1785년에 열렸다. 1760년에 건설된 아란후에스의 투우장은 원래 다른 목적으로 건설되었다가 1797년 투우장으로 개축되었기에 투우전용으로 지어진 최초의 투우장은 론다의 투우장이다.

리고 얼마 뒤, 그 사람이 구스다운 패딩을 입고 나온 것을 보았다. 구스다운은 거위의 깃털로 만드는데, 살아 있는 거위에서 뽑은 솜털로 만들수록 방한력이 좋아 비싸다고 한다. 차라리 죽어서 가죽을 벗기는 게 낫지, 그게 훨씬 더 잔인했다. 살아 있는 내내 솜털을 뽑힐 거위의 고통을 생각하면 그냥 싸구려 솜으로 만든 패딩 점퍼를 입고 추운 게 나았다.

대학시절 한동안 채식을 한 적이 있었다. 채식 유형은 다양하다. 완벽하게 채식만 하는 비건^{Vegan}, 달걀은 먹는 오보^{Ovo}, 우유와 유제품만 허용하는 락토^{Lacto}, 달걀과 우유 및 유제품을 먹는 락토 오보$^{Lacto\ Ovo}$는 베지테리언^{Vegetarian}이라 부른다. 가금류^{家禽類}와 조류^{鳥類}만 먹지 않는 페스코^{Pesco}, 붉은 살코기만 먹지 않는 폴로^{Pollo}, 평소에는 비건이지만 상황에 따라 육식을 하는 사람은 플렉시테리언^{Flexitarian}으로 세미베지테리언$^{Semi-Vegetarian}$으로 분류된다. 굳이 분류를 하자면 나는 플렉시테리언에 속했다. 당시 내가 고기를 먹지 않았던 이유는 우연히 보게 된 다큐멘터리 때문이었다. 찰나에 그칠 인간의 미각 만족을 위해 동물을 어떻게 학대하는지 보여주는 다큐멘터리였다.

최상급의 푸아그라, 즉 거위 간 요리는 지방이 많을수록 맛있다. 그래서 거위를 어둡고 좁은 밀실에 가둔 뒤, 주둥이에 깔때기를 씌우고 지방의 양을 늘릴 수 있는 옥수수나 콩 같은 곡물을 억지로 계속해서 먹인다. 옥수수나 콩을 싫어하는 거위는 본능적으로 토해낸다. 그래서 거위가 고개를 숙여 먹은 것을 토해내지 못하도록 머리를 용수철로 묶어 천장에 단단히 고정시켜 놓는다. 극단적인 경우에는 눈알을 뽑고 식욕을 조절하는 시상하부를 파괴하거나 전류로 환각을 일으켜 끊임없이 먹게 만들기도 한다. 결국 거위는 숨쉬기도 힘들만큼 뚱뚱해지고, 간은 불어난 지방으로 인해 기형적으로 커진다.

최상급의 곰 발바닥 요리를 만들기 위해서는 먼저 철판을 달구어야 한다. 그리고 살아 있는 곰을 그 뜨거운 철판 위에 올려놓는다. 곰이 뜨거운 철판 위를 팔짝팔짝 뛴다. 그때마다 곰 발바닥의 피부가 철판에 눌어붙는다. 그게 최고의 곰 발바닥 요리재료이다.

동물은 잔인하게 도살될수록 육질이 부드러워진다. 두려움과 고통으로 인해 스트레스를 받게 되면 동물은 근육의 긴장을 풀기 위해 젖산을 분비한다. 이 젖산이 많이 분비될수록 육질은 부드럽고 달콤하게 변한다. 화면에서는 한 프랜차이즈Franchise 치킨업체의 직원이 닭을 벽에다 던지는 장면이 반복됐다. 벽에 머리를 찧은 닭이 고통에 몸부림치며 죽어갔다. 그래도 직원은 무표정한 얼굴로 닭을 벽에 던졌다. 벽 아래로 몸부림치는 닭들이 쌓여갔다.

아마 누구라도 그 다큐멘터리를 본다면 당분간 고기를 입에 대지도 못할 것이다. 그렇다면 식물은 감정이 없으니 괜찮지 않냐고? 절대 아니다. 식물도 감정을 느낀다. 폭력적인 음악이나 욕을 계속해서 들려주면, 식물은 좋은 생장 환경에서도 아무 이유 없이 시들어 버린다. 심지어 식물은 다른 생명체의 감정에 이입되기도 한다. 사람이 나무에 기대 칼로 자기 손가락을 베면서 고통스러워하면, 나무껍질의 전기저항이 변화한다. 바로 곁에 있는 인간의 감정에 이입된다는 증거이다.

후우, 그렇다고 굶어 죽을 수는 없는 노릇이다. 의도적이든 의도하지 않았든 다른 인간, 드넓게는 다른 생명을 상처 입힐 수밖에 없는 게 인간인 모양이다.

내가 투우를 보면서 불편했던 건 비겁함 때문도 있었다. 나는 투우가 투우사 한 명과 황소의 일대일 싸움이라고 생각했다. 하지만 황소 한 마리를 상대하는 투우사는 꽤 많았다. 다수 대 하나의 대결은 이미 승부가 기우는 법이다.

투우 경기는 싫었지만 론다의 투우 경기장과 박물관은 구경하기로 했다. 마침 투우 경기도 없었다. 박물관에는 투우사들이 입었던 옷, 물레타, 칼 등과 함께 투우 경기 포스터 등 볼거리가 꽤 있었다. 론다 출신의 투우사 집안인 로메로 가문에 관한 자료나 그림도 꽤 많았다. 1대인 프란시스코는 물레타를 막대에 매달아 흔드는 방식인 '론다파'라는 투우 스타일을 만들어냈으며, 3대인 페드로는 약 6천 마리의 황소를 죽였다고 한다.

투우가 한창 인기 있을 때는 투우용 소를 사육하는 것이 수지맞는 장사였다. 난폭할수록 비싸게 팔리기에 갖은 방법을 다 써서 공격적인 성향을 갖도록 사육했다고 한다. 사실 소는 색맹이다. 빨간색은 인간만 흥분시킬 뿐이다. 그래서 소가 싫어하는 냄새가 나도록 물레타를 손보기도 하고 투우 경기 전에 소에게 흥분제를 맞히기도 한다.

투우 경기에서 죽은 소는 비싸게 팔리는데 보통 근처 레스토랑에서 예약한 경우가 많다. 그런 레스토랑은 당연히 예약이 꽉 찬다. 잔인하게 죽은 소일수록 육질이 부드러우니까. 아주 가끔 죽지 않고 끈질기게 버티는 소가 있으면 관중들이 살려달라고 할 때도 있다. 그렇게 살아서 경기장을 나간 소는 유명세를 타고 자연사할 때까지 편안하게 살 수 있도록 배려한다.

예전만큼은 아니지만 여전히 투우사는 인기직업 중 하나라고 한다. 하지만 투우학교의 교육비는 엄청나서 일반인은 엄두도 못 낸다. 연습할 때마다 소 한 마리가 필요하니까 당연하다. 귀족들이 즐기는 오락거리라는 투우는 평범한 평민인 나와는 맞지 않았다.

박물관을 나와 경기장 2층으로 올라갔다. 계단 하나하나에 투우와 관련된 그림이 그려져 있었다.

2층에서 내려다 본 경기장은 텅 비어 있었다. 그래도 쓸쓸하지 않았다. 고통에 찬 소의 울음소리에 움츠러들고, 공기를 타고 전해오는 피비린내에 구역질을 참지 않아도 되니까. 나에게 빈 경기장은 평화스러워 보였다.

헤밍웨이는 《오후의 죽음》에서 '투우는 예술가가 죽음의 위험에 처하는 유일한 예술이다.'라고 극찬했다.

투우는 당연히 예술일 수 있었다. 모든 예술이 그렇듯 평가는 개인의 몫이니까 말이다. 다만 내가 싫어하는 예술일 뿐이다. 인간의 폭력성을 주제로 생과 사의 스토리를 펼치는 가장 잔인한 행위예술, 그게 내가 내린 투우에 대한 정의이다.

08

en
Sevilla 세비야

웅장한 관현악단,
세련되고 화려한 무대,
우아한 턱시도를 입은 테너,
아름다운 드레스를 입은 소프라노……,
그리고 그들이 함께 만들어내는 환상적인 오페라.
그 무대가 현실이 되는 도시, 세비야.
그곳에서는 나도 오페라의 주인공처럼 거리를 누빌 수 있었다.

세비야 대성당^{Sevilla Catedral}

유럽의 어느 지방을 가든 성당은 있기 마련이다. 하지만 세비야 대성당은 다른 성당에 비교할 수 없을 정도로 규모부터가 압도적이다. 게다가 원래 있던 이슬람 사원의 히랄다 탑^{Torre de la Giralda, 히랄다는 '풍향계'라는 뜻}과 오렌지나무가 가득한 안뜰까지 그대로 남아 있어서 그런지 묘한 분위기가 풍겼다.

세비야에 도착한 첫날, 성당의 문은 활짝 열려 있었다. 입장료가 있는 것으로 알고 있었던 우리는 신이 났다. 공짜를 좋아하는 버릇은 어딜 가도 고쳐지지 않는다. 게다가 우리의 옷차림은 바르셀로나 대성당에서 복장 검사에 불합격 당했던 것보다 훨씬 더 노출이 심해졌는데도 불구하고, 아무도 입장하는 우리를 제지하지 않았다. 성당 안에서 사람들이 가장 몰려 있는 곳은 역시 콜럼버스의 관이 있는 곳이었다.

스페인에는 콜럼버스와 관련된 곳들이 꽤 많다. 콜럼버스가 신대륙 항해 계획을 세우고 이사벨 여왕을 만나 설득했던 라비다 산타 마리아 수도원은 팔로스 데 라 프론테라^{Palos de la Frontera}에 있다. 콜럼버스가 1차 항해를 시작한 곳도 팔로스 데 라 프론테라이다. 바르셀로나 람블라스 거리가 끝나는 곳에는 콜럼버스가 자신이 발견한 신대륙을 손가락으로 가리키고 있는 동상이 높은 기념탑 위에 서 있다. 기념탑 바로 뒤가 콜럼버스가 신대륙을 발견하고 돌아온 항구 포트벨Port Vell이다. 콜럼버스가 1차 항해를 마치고 돌아와 왕을 알현한 왕의 광장은 바르셀로나 고딕지구에 있다. 그리고 스페인에서 가장 큰 세비야 대성당에는 콜럼버스의 관이 있다. 미술관이나 박물관에는 콜럼버스와 이사벨 여왕을 그린 그림이나 조각, 관련 유물도 꽤 많다.

콜럼버스가 신대륙을 발견한 덕분에 스페인은 황금기를 누릴 수 있었다. 콜럼버스 때문에 스페인어는 전 세계에서 중국어 다음으로 가장 많은 사람들이 쓰는 모국어가 되었다. 솔직히 중국은 그 나라의 인구수가 많은 것일 뿐 다양한 국가에서 쓰는 모국어로는 스페인어가 1위라고 볼 수 있다.

스페인에 너무 많은 흔적을 남겨서인지 사람들은 콜럼버스를 스페인 사람이라고 생각한다. 하지만 콜럼버스는 이탈리아에서 태어났다. 원래 방랑벽이 있었던 것인지 선원이나 지도제작을 하면서 꽤 여러 나라를 떠돌아다녔고, 신대륙을 발견하겠다는 꿈을 꾸고부터는 후원자를 찾기 위해 또 여러 나라를 떠돌았다. 그리고 마침내 이사벨 여왕이 콜럼버스를 지원하겠다고 나선다.

콜럼버스가 호언장담한 것과 달리 신대륙에서는 대량의 황금이 발견되지 않았다. 인도에서 가져오겠다던 향신료도 당연히 가져오지 못했다. 콜럼버스가 도착한 곳은 인도가 아니었으니까. 담배, 감자, 해먹 등 신대륙의 물건들을 가져오긴 했지만 그것만으

세비야 대성당은 스페인 최대의 성당이자 유럽 3대 성당이다. 규모면에서는 로마 바티칸의 성 베드로 성당(Basilica di San Pietro in Vaticano, 바티칸 대성당 Basilica Vaticana)이 1위, 영국의 세인트폴 대성당(Saint Paul's Cathedral)이 2위, 세비야 대성당이 3위다. 세비야 대성당은 모스크가 있던 자리에 118년에 걸친 대공사 끝에 완공했다.

로는 엄청난 자금이 소모되는 항해를 후원하기 힘들었다. 그래도 이사벨은 살아 있는 동안 콜럼버스를 끝까지 믿어주었고, 콜럼버스는 4번의 대항해를 할 수 있었다.

하지만 이사벨이 죽자마자 귀족과 관료들은 콜럼버스를 처형해야 한다고 주장했고, 왕은 콜럼버스의 재산을 몰수한다. 결국 콜럼버스는 자신의 위대함을 알아주지 않는 세상을 원망하며 55세에 눈을 감았다.

페르난도 왕의 괄시와 귀족들의 비난에 질렸던 콜럼버스는 아들에게 '죽어서도, 관 안에 드러누워서도, 절대 스페인 땅을 밟고 싶지 않다. 그러니 내 시신은 신대륙에 묻어라.'라고 유언했다. 그리고 또다시 콜럼버스의 여행이 시작되었다. 아마 죽기 직전까지도 전 세계를 보고 싶어 했던 탐험가의 영혼이라서 그랬는지도 모른다. 콜럼버스의 시신은 꽤 오랫동안 떠돌았다.

콜럼버스의 가족들은 일단 시신을 바야돌리드Valladolid의 한 수도원에 묻었다가, 몇 년 뒤 세비야 인근의 성당으로 이장했다. 약 20여 년 뒤, 콜럼버스를 추앙하는 사람들이 돈을 모았고, 콜럼버스의 유언대로 신대륙 히스파니올라Hispaniola, 쿠바의 동쪽과 푸에르토리코의 서쪽에 위치한 섬에 새로 건립된 산토도밍고 대성당에 콜럼버스의 시신을 옮겨 묻을 수 있었다. 그런데 약 250년쯤 뒤, 바젤 조약Peace of Basel에 따라 스페인이 산토도밍고 섬을 프랑스에 넘겨주게 되자 콜럼버스의 유해도 이장하게 되었다. 이번에는 쿠바의 아바나 대성당Catedral de La Habana이 새 장지였다. 또 100년쯤 뒤, 미국과 스페인 전쟁의 결과, 쿠바가 독립하게 되자 그의 유해는 스페인 세비야로 돌아오게 된다. 죽은 지 거의 4백 년만의 일이다. 너무 많이 떠돌아다녀서인지 세비야에 있는 콜럼버스의 유해가 가짜라는 의문을 제기하는 사람들이 있을 정도다.

다른 도시가 아닌 세비야가 선택된 것은 이곳이 신대륙으로 향하는 배의 출발지이자 최대 무역항이었기 때문이다. 세비야 대성당의 제단에는 성모마리아의 품에 안긴 예수상이 있는데, 이 예수상도 콜럼버스가 신대륙에서 가져온 금 1.5톤으로 만든 것이다.

죽어서도, 관 안에 드러누워서도, 스페인 땅은 밟고 싶지 않다던 유언 때문에 스페인 정부는 네 명의 국왕들이 콜럼버스의 관을 들고 있는 형태로 콜럼버스의 묘소를 만들었다. 콜럼버스 생전 스페인을 다스리던 레온, 까스띠야, 나바라, 아라곤의 국왕들이 콜럼버스의 관을 들고 있다. 앞에 선 2명은 콜럼버스를 지원해 준 왕이라 고개를 들고 있고, 뒤의 두 왕은 콜럼버스의 계획을 거절한 왕이라 고개를 숙이고 있는 것이다.

참 예술적이고 독창적이지만 대단히 교묘하기도 하다. 과연 콜럼버스가 스페인 땅을 밟고 싶지 않다던 유언이 정말 단순히 땅을 의미한 것일까? 초등학생도 그런 단순한 의미가 아니란 것을 안다. 하지만 콜럼버스 유해의 역사적, 문화적 가치는 그 유언을 곡해할 가치로 둔갑했다. 게다가 콜럼버스 유해가 가져올 것으로 예상되는 막대한 경제적 이득은 콜럼버스의 유언을 무시할 충분한 이유가 되었다.

유명인들은 그 명성 덕분에 살아서도 사후에도 대가를 치러야 하는 모양이다. 아인슈타인^{Albert Einstein, 독일 태생의 미국의 이론물리학자, 1879~1955}도 마찬가지였다. 아인슈타인은 자신의 유해가 화장되길 바랐다. 묘소를 만들고, 그 묘소에 사람들이 찾아와 자신을 숭배하는 일 따위는 원치 않았다. 하지만 아인슈타인의 사체 부검을 맡았던 프린스턴 병원의 병리학자 토머스 하비 박사는 아인슈타인의 뇌를 몰래 적출했다. 그리고 뇌를 240조각으로 나누어 여러 명의 과학자들에게 연구용으로 제공했다.

아인슈타인이 완벽하게 화장된 것으로 알고 있었던 유가족들은 펄쩍 뛰었다. 하지만 하비 박사는 아인슈타인이 과학의 발전을 위해 동의했을 거라고 반박했다. 명백한 거짓말이다. 생전에 하비 박사와 아인슈타인은 여러 번 만났다. 분명 하비 박사는 아인슈타인의 뇌를 합법적으로 적출하기 위해 부탁했을 테고 아인슈타인이 동의했다면 그에 따른 문서 한 장쯤은 만들었을 것이다. 어쨌든 유족들은 울며 겨자 먹기로 뇌 연구를 묵인할 수밖에 없었다.

연구 결과, 아인슈타인의 뇌는 평균 남성의 뇌 무게보다 0.14kg 정도 적은 1.22kg이었다. 하지만 두정엽^{頭頂葉} 반구는 일반인보다 컸으며, 뇌에 주름이 많고 대뇌피질이 얇았다. 또한 좌우 두정엽 반구 사이의 '실비안 열구^{裂溝}'로 불리는 홈이 일반인보다 얕았으며 뉴런당 글리아 세포가 많았다. 글리아 세포는 뉴런을 지탱하고 자양분을 제공하는 세포이다. 아인슈타인의 뇌는 그가 사망한 지 반세기가 지나도록 연구 중이다.

유명인이라고 해서 한 분야에 위대한 업적을 남겼다고 해서 다른 면에서도 위대하리라는 법은 없다. 오히려 다른 면에서는 부족한 경우가 많다. 콜럼버스도 마찬가지였다.

일단 콜럼버스는 욕심이 너무 많았다. 콜럼버스의 원정 계획이 오랫동안 후원자를 찾지 못했던 것은 콜럼버스가 신대륙 발견 시 얻게 될 자신의 이익을 과다 책정했기 때문이었다. 이사벨 여왕도 콜럼버스의 지나친 요구에 망설였다가 페르난도 왕의 중재 덕분에 후원을 결정했다.

게다가 콜럼버스는 신대륙의 원주민인 인디언들을 몹시 잔학하게 다뤘다. 노예로 삼는 건 당연한 일이었고, 자신이 원하는 금을 충분히 가져오지 못하면 매질을 하거나 죽이기도 했다. 나중에는 죽이는데 힘을 쓰기도 귀찮았는지 맹견인 마스티프Mastiff, 영국 원산의 초대형 사역견이며 주로 맹수사냥용 견종를 인디언 사냥에 이용하기까지 했다. 1495년에는 마스티프 한 마리당 평균 백 명의 인디언을 물어 죽였다고 한다. 그리고 홍역, 천연두, 장티푸스, 디프테리아를 신대륙에 전파해 인디언들을 죽음으로 몰고 갔다. 인디언들에게 콜럼버스는 재앙을 몰고 온 사신이었다. 신대륙의 발견은 유럽인들에게도 축복만은 아니었다. 담배, 코카인, 매독을 유럽에 전파했으니까. 나쁜 것들은 확실히 전염력이 강한 모양이다.

콜럼버스는 죽을 때까지 신대륙을 인도라고 믿었다. 게다가 바이킹이 콜럼버스보다 먼저 신대륙을 발견했다는 주장도 있다. 어쨌든 콜럼버스와 몇 번의 항해를 했던 아메리고 베스푸치Amerigo Vespucci, 이탈리아의 항해사이자 신대륙 초기 탐험자, 1454~1512가 신대륙이 인도가 아니라는 것을 깨달았고, 신대륙은 그의 이름을 따서 '아메리카America'라 불리게 되었다.

그래도 우리에게 콜럼버스는 위대한 탐험가로 기억된다. 아들 페르디난도 덕분이다. 꽤 유능한 전기 작가였던 페르디난도는 아버지의 삶과 업적을 미화하고 부풀리는 데 평생을 바쳤다.

비록 단점이 꽤 많긴 하지만 꿈을 향한 콜럼버스의 끈질긴 노력만큼은 누구도 부정할 수 없을 만큼 위대하다. 위인들의 단점을 찾으면서 위대하지 못한 나 자신을 위로하는 나조차 본받고 싶을 정도로 콜럼버스의 열정과 노력은 위대했다. 그랬기에 스페인의 가장 큰 성당에서 왕들의 어깨 위에 드러누워 사람들의 영접을 받고 있는 것이다. 사실 사람들은 콜럼버스보다는 관을 메고 있는 앞 쪽 두 왕의 발에 관심이 더 많은 것 같기는 하지만 말이다. 두 왕 중 왼쪽 사람의 발을 만지면 부자가 되고, 오른쪽 사람의 발을 만지면 사랑하는 이와 함께 다시 세비야를 찾는다는 미신 때문이다.

수많은 사람들의 손길 덕분에 두 왕의 발은 유난히 반질거린다. 그 반질거리는 발을 만지기 위해 기다리면서 고민했다. 도대체 어떤 쪽 발을 만져야 하는 걸까? 과한 욕심은 언제나 재앙을 불러오는 법이었다. 그래서 콜럼버스 같은 욕심쟁이가 되지 않으려 한 쪽 발만 만지겠다고 결심했다. 하지만 인간의 욕망은 끝이 없는 법. 한 쪽 발을 만지고 기다리는 사람을 위해 비켜선 뒤, 나는 다시 줄을 섰다. 다른 쪽 발을 만지기 위해서.

까르멘 & 돈 후안^{Carmen & Don Juan}

그 여자 이야기

담배공장에서 일하는 여공, 집시 까르멘은 동료와 다투다 칼로 상처를 입혀 체포된다. 하지만 자신을 감시하던 돈 호세를 유혹해 도망치는데 성공한다. 까르멘이 도망치는 것을 눈감아준 대가로 호세가 감옥살이를 하고 나온 뒤, 까르멘과 호세는 밀매업자들이 사는 산으로 들어가게 된다.

하지만 호세가 병든 어머니가 있는 집으로 돌아간 뒤, 호세에게 싫증을 느끼고 있던 까르멘은 투우사 에스까밀로와 사랑에 빠진다. 돌아온 호세는 에스까밀로를 사랑한다고 당당하게 대답하는 까르멘을 칼로 찔러 죽이고 자살한다.

그 남자 이야기

돈 조반니는 다양한 국적과 신분의 여자 2천여 명을 유혹한 바람둥이이다. 친구로 변장하고 친구의 약혼녀를 유혹하기도 하고, 옛날 애인을 기억하지 못하고 다시 유혹하기도 하며, 결혼을 앞둔 신부를 유혹하기도 한다.

돈 조반니에게 버림받고도 그에게 미련이 남은 옛 애인이 정신 차리라고 간청하지만 아무 소용이 없다. 그런 돈 조반니 앞에 기사장의 석상石像이 나타나 참회를 요구한다. 돈 조반니는 기사장의 딸을 속여서 순결을 빼앗으려다 실패했고, 그 사실을 알게 된 기사장과 결투를 하다 기사장을 찔러 죽였다. 돈 조반니는 석상이 된 기사장의 참회 요구를 비웃는다. 갑자기 번개가 번쩍이고 천둥이 울린다. 그리고 돈 조반니는 지옥으로 떨어진다.

그 여자는 조르주 비제가 작곡한 오페라 〈까르멘〉의 주인공.
그 남자는 모차르트가 작곡한 오페라 〈돈 조반니〉의 주인공.
오페라가 유명하긴 하지만 둘 다 희곡으로 먼저 나왔다. 프로스페르 메리메Prosper Mérimée, 프랑스의 소설가, 1803~1870의 《까르멘》과 티르소 데 몰리나Tirso de Molina, 스페인의 극작가, 1584~1648의 《세비야의 난봉꾼과 석상의 초대》가 최초의 작품이다. 두 인물 모두 소설, 오페라, 영화 등 다양한 장르의 작품에서 끊임없이 재생산된다.

자신의 이익을 위해 사랑을 이용하고, 싫증난 사랑 따위는 버리고 새로운 사랑을 따라 떠나는 여자, 까르멘. 여자를 사랑하는 게 아니라 정복하는 것에만 흥미가 있고, 자신의 정복욕을 위해서라면 윤리 따위는 무시할 수 있는 남자, 돈 조반니. 이 두 사람은 절대 사랑에 빠지고 싶지 않은, 그리고 사랑에 빠져서는 안 될 상대들이다. 그리고 두 사람이 사는 곳이 바로 세비야이다. 까르멘은 유럽에서 가장 큰 세비야의 왕립담배공장에서 일했고, 돈 조반니는 세비야의 귀족이었다.

마냐라의 커다란 초상화가 병원 외벽을 덮고 있었지만, 정문에는 병원(Hospital)이란 단어는 보이지 않았다. 대신 성 자선회(Santa Caridad, 가난한 병자들을 돌보는 일을 했던 수도사들의 모임), 가난한 이들의 집(Domus Pauperum), 천국의 계단(Scala Coeli)이라 쓰여 있다. 병원 곳곳에는 마냐라의 조각상, 초상화, 그가 사용했던 물건들이 전시되어 있다. 그가 썼던 글귀도 석판 위에 새겨져 벽에 걸려 있거나 초상화나 동상과 함께 걸려 있다.

까르멘은 가상의 인물이었지만 돈 조바니, 스페인 식으로 부르면 돈 후안은 실제 세비야의 귀족이었던 돈 미겔 마냐라Don Miguel Manara를 모델로 했다. 담배공장은 세비야 대학 법학부 건물로 변했지만 돈 후안의 밀회 장소인 호스텔 델 로렐La Hosteria del Laurel은 아직도 운영된다. 호세 소릴로José Zorrilla, 스페인의 시인이자 극작가, 1817~1893가 돈 후안의 이야기를 쓰며 배경으로 삼았던 호텔은 1년 예약이 꽉 차 있을 만큼 인기다.

세비야는 〈까르멘〉과 〈돈 지오반니〉뿐만 아니라 〈세비야의 이발사〉, 〈피가로의 결혼〉 등 25개의 오페라의 배경이 되는 도시이다. 왜 모두들 배경으로 세비야를 원하냐고? 일단 세비야는 화려하다. 세비야의 구시가지는 유네스코 세계문화유산으로 지정될 정도로 넓은 도시 자체가 아름다움으로 가득 차 있다. 콜럼버스의 신대륙 발견 덕분이다. 세비야는 신대륙을 오고가는 가장 큰 무역항이었기에 엄청난 경제적 성장을 이룰 수 있었다. 그 부를 세비야는 도시 치장에 쏟아 부었다. 그래서 화려한 무대배경을 요구하는 오페라에는 세비야가 제격인지도 모르겠다.

경제적 성장은 세비야의 겉모습만 변화시킨 것이 아니었다. 먹고살 걱정이 없어진 사람들은 문화와 예술로 눈을 돌렸다. 그래서 세비야는 플라멩코와 투우의 본고장이 되었다. 물론 그라나다와는 '플라멩코의 본고장' 타이틀을 놓고, 론다와는 '투우의 본고장' 타이틀을 놓고 싸우고 있긴 하지만 말이다. 그리고 경제적으로 안정되어 여유가 많아진 사람들은 플라멩코나 투우를 보고도 남아도는 시간을 '사랑'에 투자하기 시작했다. 그러니 사랑에 목숨을 거는 오페라 배경으로는 세비야만한 도시가 없다.

이상한 일이다. 사람들은 까르멘을 처음 대했을 때 이 나쁜 여자를 비난하기 바빴다. 하지만 돈 후안을 처음 대했을 때는 이 나쁜 남자를 남몰래 흠모하는 이가 많았다.

내가 사랑하는 소프라노 마리아 칼라스Maria Callas, 그리스계 미국인 성악가, 1923~1977도 까르멘을 이해하지 못해 까르멘 역을 거절한 적이 많았다. 마리아 칼라스는 남성적인 까르멘과 달리 자신은 여성적인 성격이라 까르멘 배역이 꺼려진다고 했다. 그리스의 선박왕 오나시스Aristotle Sokrates Onasis, 1906~1975만 바라보고 이혼까지 했지만, 재클린 케네디Jacqueline Kennedy Onassis, 존 F. 케네디 미국 35대 대통령의 전 부인으로 오나시스와 재혼, 1929~1994 때문에 버림받고 아기까지 유산한 뒤에도, 재클린과 결혼한 오나시스와 바람을 피우다 결국 또다시 버림받고, 우울증과 수면제 과다복용으로 사망한 마리아 칼라스다운 대답이다. 하지만 까르멘과 정반대의 사랑철학을 가지고 있었던 칼라스의 사랑도 그리 행복해 보이지는 않는다.

그렇다면 돈 후안의 실제 모델인 돈 미겔 마냐라는 행복했을까? 대답은 '아니요!'다. 마냐라는 정말 사랑하는 여자를 만나 결혼했지만, 아내의 갑작스러운 죽음에 충격을 받고 수도원에 들어가 참회하며 살았다. 말년에 전 재산을 기부해 만든 자선병원Hospital de la Santa Caridad과 병원 안의 성당은 회개의 또 다른 표현이었다.

병원으로 가는 길, 까르멘과 돈 후안이 살았던 세비야의 산타크루즈 거리를 헤매고 다녔다. 까르멘에 나오는 레스토랑 '코랄 델 아구아Corral del Agua', 돈 후안이 바람을 피웠던 '호스텔 델 로렐La Hosteria del Laurel'이 있는 산타크루즈 거리는 길이 너무 좁아 마주 보는 발코니에서 키스를 나눌 수 있다고 해서 키스 골목이라고도 부른다. 이 좁은 골목길 덕분에 비밀 사랑을 나누는 연인들은 남들의 눈을 피해 마주보는 발코니에서 연인의 집으로 숨어들 수도, 연인의 집에서 마주보는 다른 집으로 도망가기도 편했다고 한다. 그래서 유난히 세비야를 배경으로 한 오페라나 소설 속 주인공들이 바람을 많이 피우는지도 모르겠다. 몰래 바람을 피우기에는 최적의 조건이니까.

드디어 도착한 자선병원 겸 성당. 성당 안의 그림은 그가 하나하나 주제를 선택해 주문했다는데, 자신이 지은 죄에 대한 자비를 바라는 기도처럼 보였다. 자비나 용서를 주제로 한 수많은 그림을 보고 있으면 어떤 죄인이라도 용서해야만 할 것 같았다. 어찌나 자비나 용서에 대한 그림이 많은지 용서하지 않으면 내가 죄인이 될 것만 같은 강박관념이 생길 지경이었다. 몇몇 그림들은 아내를 잃은 절망과 고통, 삶에 대한 후회와 죄책감을 주제로 하고 있었는데, 그런 그림들은 너무 어두워서 살짝 눈살이 찌푸려졌다. 하지만 그가 얼마나 아내를 사랑했는지는 확실하게 느낄 수 있었다. 사랑이 깊을수록 사랑을 잃었을 때의 고통과 절망도 큰 법이니까.

관광객들이 많이 오가는 곳은 아닌지라 우리 외에 관광객은 한 명도 없었다. 가난한 노인들을 위한 병원이라 그런지 드문드문 노인이 지나갈 뿐이었다. 쓸쓸하고 황량한 분위기에, 오자고 우겼던 내가 미안할 정도였다.

사랑했다고 믿었지만 그것이 착각이었음을 깨달았을 때, 우리는 이별을 한다. 이별에도 예의가 있는 법이다. 사랑이라고 착각할 정도의 감정을 가졌던 이가 최대한 상처받지 않도록 동원할 수 있는 모든 수단을 이용해 올바르고 정당한 방법으로 이별해야 한다. 그러나 까르멘과 돈 후안은 그렇지 못했다. 그렇게 나쁜 여자나 나쁜 남자의 삶은 비극으로 끝나도 된다. 아니, 신이 공정하다면 비극으로 끝내야만 한다.

그렇다면 착한 여자 마리아 칼라스의 삶은 왜 비극이었냐고? 마리아 칼라스도 오나시스 때문에 후원자이던 남편을 버린 나쁜 여자니까. 또한 돈 후안보다 나쁜 남자 오나시스의 비극은 좀 늦게 찾아왔다. 오나시스의 딸 크리스티나[1951~1988]가 꼭 아버지 같은 남자를 만난 것이다. 돈을 보고 접근한 루셀과 결혼한 크리스티나는 남편의 바람기를 견디지 못하고 3년 만에 이혼한다. 그리고 이혼한 지 얼마 되지 않아 우울증과 약물남용에 시달리다 쓸쓸히 죽음을 맞는다. 당시 환율로 2조 8천억 원이라는 엄마의 어마어마한 재산을 고스란히 물려받은 세 살짜리 딸 아티나 루셀 오나시스[1985~]는 친아버지 루셀에게 돌아가야만 했다. 그리고 끊임없이 자신의 재산을 탐내는 친아버지와 불륜의 상대로 어머니를 괴롭혔던 계모 밑에서 오랜 시간을 보내야만 했다. 아티나는 성년이 되자마자 자신보다 12세나 많은 이혼남, 그것도 자신보다 12세 어린

수많은 오페라의 배경이 된 도시, 세비야의 거리를 걷다 보면 눈이 휘둥그레질 만큼 화려한 건물을 마주하는 일이 많다. 오히려 오페라의 화려한 배경이 초라하게 느껴질 정도이다.

딸이 있는 브라질 승마선수 알바로 알폰소 데 미란다[1973~]와 사랑에 빠져 결혼했다. 즉, 남편과도 딸과도 띠동갑이다. 그녀의 사랑에는 축복이 있었으면 좋겠다.

성당 입구에는 마냐라의 묘소도 있었다. 그렇게 사랑했던 아내의 곁에 묻히는 대신, 그는 고통과 죄책감으로 가득한 성당 안에 묻히길 바랐다. 그렇게라도 자신이 진정으로 뉘우치고 있음을 신께 증명하고 싶었던 모양이다.

'이곳에 세상에서 가장 못난 사람의 유해가 누워 있다.'

묘비의 글귀는 그의 후회와 죄책감을 드러낸다. 사후세계가 있다면 그가 사랑하는 아내와 함께하기를 빌었다. 인간은 누구나 실수를 한다. 그 실수를 진정으로 참회하고 반성하는 이에게는 용서가 따라야 한다. 아마 나도 살면서 누군가에게 상처를 줬을지도 모르겠다. 나의 죄도, 마냐라의 죄도 용서받길 기도하며 성당을 나섰다.

세비야의 스페인 광장 Plaza de España

스페인 여행을 하면 당황하게 되는 것 중 하나가 같은 이름을 가진 장소가 너무 많아서이다. 알카사르, 알카사바, 메스키타, 스페인 광장⋯⋯.

알카사르 Alcázar는 스페인어로 '성', 혹은 '궁전'이란 뜻으로 아랍어의 정관사 'al'과 궁전을 뜻하는 'kazar'가 결합한 아랍어가 그대로 스페인어가 되었다. 이슬람 지배기에 도시마다 지어진 알카사르가 그대로 남아 있는 경우도 있고, 원래 있던 알카사르를 중·개축한 경우도 있고, 이슬람을 몰아내고 새로 지은 경우도 있다. 세비야, 코르도바, 똘레도, 세고비아 등 번성했던 도시에는 어김없이 알카사르가 있다.

알카사바 Alcazaba는 스페인어로 '성', 혹은 '요새'란 뜻으로 아랍어의 정관사 'al'과 요새를 뜻하는 'qasbah'가 결합한 아랍어가 그대로 스페인어가 되었다. 알카사바도 그라나다, 말라가 등 번성한 도시에는 어김없이 보인다.

문제가 있다면 이름도 비슷한 알카사르와 알카사바를 내가 정확히 구별하지 못하는 데 있었다. 오죽했으면 스페인어 사전까지 찾아봤을까? 알카사르는 남성명사, 알카사바는 여성명사이다. 어쨌든 난 마음대로 결론을 내렸다. 화려한 궁전 건물 한 채가 있으면 알카사르, 꽤 넓은 장소에 군사적 용도 건물이 여러 채 있으면 알카사바. 대충 맞아 떨어지는 것 같지만 정확하지는 않다. 왜 예쁘장한 궁전이 남성명사이고, 단순한 군사적 요새가 여성명사인지 모르겠다. 사실 아직도 헷갈린다.

메스키타Mezquita는 스페인어로 '모스크(이슬람사원)'라는 뜻으로 아랍어 '마스지드مسجد'에서 유래했다. 800여 년이나 이슬람의 지배를 받았기에 도시마다 메스키타가 있다. 그러나 대부분, 어쩌면 당연하게도, 완전히 허물거나 증·개축을 한 뒤 성당이나 다른 목적의 건물이 되었다. 그래서 일반적으로 스페인에서 '메스키타'라고 하면 메스키타의 원래 모습이 많이 남아 있는 채로 성당이 되어버린 코르도바 산타마리아 대성당Catedral de Santa María de Córdoba을 가리키는 경우가 많다.

스페인 광장도 스페인의 여러 도시에 있다. 마드리드의 스페인 광장은 1916년 작가 미겔 데 세르반테스의 사후 300주년을 기념하여 만들어졌는데, 세르반테스의 기념비와 함께 돈키호테와 산초 판사의 동상이 있어 기념사진을 찍는 사람들로 언제나 붐빈다. 바르셀로나, 산타크루스데테네리페Santa Cruz de Tenerife, 스페인 카나리아 제도의 항구도시 등에도 스페인 광장이 있다. 하지만 스페인 광장 중 가장 유명한 곳은 스페인에 없다.

가장 유명한 스페인 광장은 아이러니하게도 로마에 있는 스페인 광장Piazza di Spagna이다. 누구나 스페인 광장이라는 말을 들으

스페인 광장 건물 벽면은 스페인 58개 도시의 역
사적 사건을 아름다운 색깔의 모자이크 타일로
장식해 놓았다. 스페인 광장은 〈스타워즈 에피
소드 2, 클론의 습격〉의 배경으로도, CF에서 김
태희가 플라멩코를 추었던 곳으로도 유명하다.

면 영화 〈로마의 휴일〉에서 오드리 헵번이 스페인 계단에서 젤라또Gelato, 이탈리아 아이스크림를 먹던 장면을 떠올릴 것이다. 왜 로마에 스페인 광장이 있냐고? 17세기에 스페인 대사관이 이곳에 있었기에 스페인 광장이라고 불리게 되었다고 한다. 하필이면 제일 유명한 스페인 광장이 로마에 있다니 스페인 측에서 억울할 수도 있겠다.

하지만 더 억울한 건 프랑스인들일 것이다. 스페인 계단Scalinata di Trinità dei Monti, 로마의 스페인 광장에서 트리니타 데이 몬티 성당으로 향하는 137개의 계단은 프랑스 외교관이 남긴 유산으로 지어졌다고 한다. 그런데 이름은 스페인 계단이라니, 진짜 억울하지 않을까? 어쨌든 로마의 스페인 계단에서 오드리 헵번처럼 젤라또를 먹는 상상을 하고 방문한 여행객들은 실망할 것이다. 흘러내린 아이스크림 때문에 지저분해질 수 있기 때문에 문화재 보호를 위해 그곳에서 젤라또를 먹는 것은 금지되었다. 그래도 로마 스페인 광장 옆 젤라또 가게는 언제나 사람들로 긴 줄이 늘어서 있다. 로마의 추억이 되살아나니 다시 로마에 가고 싶어진다. 가난하기만 한 배낭 여행객이었던 내가 큰 맘 먹고 트레비 분수에 동전도 던져 넣고 왔는데 아직 로마에 다시 가지 못했다. 트레비 분수를 등지고 동전을 던져 첫 번째 동전이 들어가면 로마로 다시 돌아오고, 두 번째 동전이 들어가면 운명의 상대를 만나고, 세 번째 동전이 들어가면 그 사람과 결혼하게 된다는 미신이 있다. 역시 미신은 믿을 게 못 되는 건가?

스페인에서 가장 아름다운 스페인 광장은 누가 뭐라 해도 세비야의 스페인 광장이다. 세비야의 스페인 광장 바로 앞에는 마리아 루이사 공원Parque de Maria Luisa이 있다. 왕비였던 마리아 루이사가 산 텔모 궁전Palacio de San Telmo의 정원 절반을 세비야시에 기부하여 공원으로 만들었다고 하는데 정원의 절반이라기에는 규모가 엄청 났다. 오페라의 도시답게 공원으로 들어가는 입구에 있는 건물도 로시니의 오페라 〈세비야의 이발사Il barbiere di Siviglia〉의 무대였다.

루이사 공원을 지나 마침내 드넓은 스페인 광장으로 들어섰다. 스페인 광장은 1929년, 이베르 아메리카 박람회 장소로 쓰기 위해 건설된 건물로 아니발 곤살레스Anibal Gonzalez가 설계를 맡았다. 드 넓은 광장 중앙에는 분수대가 있고, 인공적으로 만든 강물이 광장 을 둥글게 감싸고 있다. 강 뒤로 아름다운 반원형의 건물이 솟아 있다. 박람회장이라기보다는 궁전의 느낌이 훨씬 강하다. 지금은 세비야주의 정부청사 건물로 사용되고 있다는데, 세비야 주정부 의 공무원들은 우리나라의 공무원들보다 직무만족도가 훨씬 높을 거라고 확신한다.

한여름 한낮, 강물 위에 배를 타는 사람 하나 없는 더운 날씨였 다. 하지만 스페인은 워낙 건조한 기후이기에 그늘에만 가면 그리 덥지 않다. 건물 안 계단에는 더위를 피해 앉아 있는 사람들이 꽤 많았다. 괜스레 장난기가 발동해 근처에서 아이스크림을 사들고 왔다. 그리고 계단에 앉아 분수를 바라보며 아이스크림을 먹었다. 비록 로마의 스페인 광장보다 유명하지 못해도, 세비야의 스페인 광장에서는 아이스크림을 먹는 자유를 누릴 수 있었다.

플라멩코 flamenco

빠른 기타 선율.

한이 서려 있는 듯한 노래.

박자를 맞추는 힘찬 박수 소리.

여자가 움직일 때마다 붉은 치마가 펄럭인다.

치맛자락 사이로 빠르게 움직이는 발이 얼핏 보인다.

여자의 움직임이 점점 빨라진다.

어느새 여자의 얼굴에 땀방울이 맺혀 흘러내리기 시작한다.

마지막으로 온 힘을 다해 움직이던 여자가 음악과 함께 멈추자
여자의 땀방울이 사방으로 날아오른다.

관객들의 함성과 박수가 공기를 울린다.

플라멩코는 춤, 노래, 악기 연주가 어우러진 종합예술이다. 스페인 어디를 가나 공연을 볼 수 있는 만큼 공연 유형도 다양하다. 집시들이 살던 동굴집에서도, 전문공연장에서도, 심지어 작은 마을의 술집에서도 볼 수 있다. 완벽한 기교를 펼치는 전문공연장 플라멩코도, 중세시대로 빨려 들어간 듯한 쿠에바 플라멩코도, 작은 따블라오Tablao, 플라멩코 쇼를 하는 식당에서의 플라멩코도, 하물며 길거

리에서의 플라멩코도 그 나름의 흥과 멋이 있었다.

세비야에는 전 세계에서 하나뿐이라는 플라멩코 댄스 박물관 Museo del Baile Flamenco이 있었다. 유명 플라멩코 댄서인 크리스티나 호요스가 18세기 저택을 개조해 만들었다는데 공연장도 겸하고 있었다. 적은 돈으로도 수준 높은 공연을 볼 수 있다고 해서 찾아간 박물관 입구에서는 기모노를 입은 여자가 나를 반겼다. 일본어는 모르지만 요코 코마츠바라Yoko Komatsubara, 小松原庸子, こまつばら ようこ, 1931~ 라고 확신했다. 요코 코마츠바라는 플라멩코의 본고장인 스페인에서 최고의 바일라오라Bailaora, 플라멩코 여자무용수로 추앙받는 인물이다. 그러니 박물관 입구에 걸려 있는 포스터 속의 일본 여인이 요코 코마츠바라라고 생각할 수밖에. 솔직히 고백하자면 젊은 시절의 코마츠바라의 모습을 본 적이 없긴 하지만 말이다.

1959년 플라멩코 거장 필라 로페스의 춤을 보고 감동을 받은 코마츠바라는 스페인으로의 유학을 결심한다. 당시 코마츠바라는 이미 30세의 유부녀였다. 스페인어라고는 한마디도 못하는데도, 오빠와 남편이 만류하는데도 불구하고 코마츠바라는 기어이 스페인 유학길에 오른다.

세비야의 작은 따블라오에서 시작한 바일라오라 생활은 힘들었다. 배운지 얼마 되지 않아 뛰어난 실력을 뽐내던 코마츠바라를 질투한 동료들은 그녀의 공연 후 박수 소리가 우렁차면 다음 공연에서는 일부러 약속한 동작대로 하지 않거나 타이밍을 어긋나게 맞추어 공연을 망치게 만들었다. 그런 와중에, 남편은 귀국하지 않으면 이혼을 하겠다고 선언한다. 나 같으면 당장이라도 그만두

플라멩코는 안달루시아를 중심으로 집시
들이 발전시킨 노래, 춤, 악기 연주로 이
루어진 종합예술이다. 유네스코 인류무
형문화유산으로 지정되어 있다.

었을 텐데 코마츠바라는 기어이 스페인에 남았다. 그리고 마침내 그 실력을 인정받아 현지 스페인 무용단에 소속되어 전 세계로 공연을 다녔다.

귀국 후에는 스페인 무용연구소를 설립하고, 요코 코마츠바라 무용단Ballet de Yoko Komatsubara, 小松原庸子スペイン舞踊団, 1969을 창단해 일본에 플라멩코 열풍을 몰고 왔다. 요코 코마츠바라 무용단은 스페인 왕궁의 초청을 받을 정도로 그 실력을 인정받고 있다. 또한 스페인 정부는 전 세계에 플라멩코를 널리 알린 공로를 인정해 코마츠바라에게 1978년 '이사벨 라 카토리카 훈장'을 수여했다. 내한공연을 왔을 때 갔어야 했는데, 못 간 것이 아직도 아쉽다.

내 인생에서 가장 기억에 남는 플라멩코는 오래 전 코스타 델 솔Costa del sol, 태양의 해변의 이름 모를 시골 마을에서 봤던 공연이다. 구경거리라고는 바다밖에 없는 작은 마을, 해가 진 뒤 동네 작은 술집에 갔다. 시골마을이라 그런지 인심도 좋았다. 샹그리아 한 주전자에 타파스 세 종류가 무료로 나왔다.

번들거리는 싸구려 플라멩코 의상을 입은 예쁜 언니가 서빙을 하며 어디에서 왔냐고 물었다. '꼬레아'라는 대답에 고개를 갸웃했다. 짧은 영어로 한국 사람은 처음 본다며 반갑다고 활짝 웃는다. 바로 옆을 지나치던 웨이터는 다가와 악수를 청한다. 한국인을 만난 것이 영광이라며 까바 한 잔을 내민다.

아무래도 혼자 술집에 온 동양인 여자 아이가 불쌍해 보였는지, 지나가는 웨이터와 웨이트리스들은 시간이 날 때마다 내게 말을 시켰다. 샹그리아 한 주전자를 다 비우고, 호텔로 돌아가야 할지 더 마셔야 할지 고민하고 있을 때, 술집의 음악 소리가 멈췄다. 술취한 사람들의 떠들썩한 대화 소리만 가득했다.

서빙을 하던 웨이터가 캐스터네츠^{Castanets, 댄스리듬을 잡는 데 쓰이는 조개}모양의 타악기를 뒷주머니에서 꺼내들었다. 따닥, 캐스터네츠 소리에 맞춰 조명이 어두워졌다. 어디선가 기타 선율이 들려왔다. 내게 악수를 청했던 웨이터였다. 그리고 경쾌한 기타 선율에 맞춰 춤을 추며 다가오는 여자는 내게 서빙을 했던 웨이트리스였다.

박자에 맞춰 남자가 발을 구를 때마다 테이블 위에 놓여 있는 촛불이 흔들렸다. 술집 안, 좁은 공간을 움직이면서도 여자의 움직임은 빠르고 가벼웠다. 여자는 움직이기도 버거운 공간을 즉흥적으로, 본능적으로 휘젓고 다녔다. 그리고 샹그리아에 붉게 달아오른 관객들이 추임새를 넣었다. 올레! 플라멩코의 추임새는 복잡한 법칙을 따르기에 함부로 넣지 말라는 경고를 들었던 전문공연장에서와 달리 사람들은 자유롭게 추임새를 넣고, 흥겹게 플라멩코를 따라했다. 어쩌면 과거 집시들이 추었던 플라멩코도 그랬을 터였다. 춤을 추다 지치면 샹그리아로 함께 건배를 하고 쉬었다. 그리고 얼마쯤 시간이 흐르면 사람들이 공연을 재촉하며 박수를 치기 시작했다. 그렇게 플라멩코는 밤새도록 계속되었다. 그게 내 인생의 가장 완벽한 플라멩코 공연이었다.

09
en

Cordoba
코르도바

당신들은 어디에도 없는 것을 부수고
어디에나 있는 것을 지었다.

– 카를로스 1세(모스크 중앙을 허물고 가톨릭 성당을 지은 것을 본 뒤에 한탄하며)

메스키타 Mezquita

유럽의 어느 도시를 가나 대성당이 있다. 끊임없이 계속되는 성당의 향연에 질릴 만도 한데, 난 이상하게도 성당에 가는 것이 좋다. 성당에 들어서면 마음이 차분해진다. 난 천주교 신자도 아닌데 말이다. 아마 그게 종교의 힘일 게다.

난 특별한 종교는 없지만 유신론자다. 독실한 불교신자였던 할머니, 수녀님이 수업을 했던 고등학교, 강제로 채플을 듣게 만드는 바람에 반발심으로 일찍 졸업하게 만들었던 대학교, 친구들과 함께 재미삼아 다녔던 무당집. 그 수많은 종교는 결국 나를 절대적 믿음의 길로 이끌지 못했다. 하지만 힘들 때는 절대적인 존재가 필요하다. 그래서 특정 종교는 없지만 유신론자가 되었다.

믿고 싶었지만 믿을 수 없었던 나의 과거 때문에 어린 아이들에게는 되도록 종교를 가지라고 권유한다. 더 나이가 들면 더더욱 믿기 힘드니까. 꼭 아이라고 믿음이 생기는 건 아니지만 말이다.

종교가 없지만 유신론자인 나는 어떤 사원에 가도 기도를 드린다. 절에서도, 교회에서도, 성당에서도, 그저 내가 믿는 절대적인 존재를 향해 숨죽여 경외감을 표시한다. 스페인 여행에서는 단 하루도 빼놓지 않고 성당에 갔고, 당연히 매일 기도를 했다. 기도를

메스키타는 스페인어로 이슬람 사원(모스크)을 뜻한다. 코르도바의 메스키타는 압달라만 1세 (Abd-al-Rahman I, 731~788)가 세우기 시작한 이슬람 사원으로 2백여 년에 걸쳐 완성되었다. 카를로스 1세(Carlos I, 1500~1558) 때 사원 중앙을 허물고 예배당을 지으면서 이슬람 사원과 성당이 뒤섞인 묘한 곳이 되어 버렸다.

하는 마음이 간절한 만큼 신을 향한 경외심도 언제나 진심이었다.

하지만 코르도바의 메스키타는 예외였다. 로마시대의 야누스 신전Temple of Janus, 서고트족Visigoth의 산비센테 성당, 우마이야 왕조Umayyad dynasty의 이슬람 사원, 그리고 다시 산타마리아 대성당. 타인이 믿는 신전을 허물고 일부러 자신이 믿는 신전을 세우는 사람들은 끊임없이 나타났으며 앞으로도 나타날 것이다. 사실 스페인의 다른 대성당도 이슬람 사원을 허물고 지은 경우가 많았다. 하지만 다른 성당들과 달리 메스키타는 이슬람 사원의 모습을 고스란히 간직하고 있었다. 그래서 다른 곳에서는 잊힌 과거가 메스키타에서는 생생하게 되살아났다. 이슬람 사원 안의 십자가는 어색하고 낯선 정도를 벗어나 이맛살을 찌푸리게 만들었다. 굴곡 많은 사원은 내게 아무런 종교적 감흥도 불러일으키지 못했다. 오히려 종교의 폭력성에 분노가 일렁였다.

에리히 프롬Erich Fromn, 독일의 심리학자, 1900~1980은 《사랑의 기술》에서 성숙한 인간은 모성적 양심과 부성적 양심의 균형을 이루어야 한다고 말했다. 부성적 양심은 조건적인 사랑으로 '네가 ~한다면, 나는 너를 사랑한다.'이고, 모성적 양심은 무조건적인 사랑으로 '네가 ~하지 않는데도 불구하고, 나는 너를 사랑한다.'이다. 인간은 부성적 양심을 통해 절제, 인내, 책임 등을 배워 이성적인 판단을 하고 강인한 삶의 태도를 지닐 수 있으며, 모성적 양심을 통해서 자존심, 자유 등을 배워 타인을 이해하고 자신의 존엄성을 지킬 수 있다.

프롬의 주장대로 인간에게는 부성적 양심과 모성적 양심 모두가 중요하다. 하지만 인간이 아닌 신에게는 어떨까? 가끔 어떤 종교를 믿지 않으면 지옥에 간다는 말로 전도를 하려는 사람들이 있다. 그럴 때면 청개구리 본성이 고개를 들어 심한 반발심이 솟구쳐 오른다. 내가 믿는 '신'이란 모성적 양심이 부성적 양심보다 훨씬 강한 존재이다. '신'이라는 존재를 믿기 때문에 나를 사랑하는 신이 아니라 '신'이라는 존재를 믿지 않아도 나를 사랑해주는 신을 원한다. 자비를 강조하면서, 원수를 사랑하라고 말하면서, 자신을 믿지 않는다고 나를 지옥으로 떨어뜨리는 신을 믿고 싶지는 않다.

모든 종교의 근원은 '사랑'이다. 일부러 타인이 믿는 종교사원을 허물고, 그 위에 자신들의 사원을 짓는 것은 '사랑'이 아니라 '폭력'과 '억압'일 뿐이다. 아마 그들이 믿는 신들 중 누구도 지금의 메스키타를 원하지는 않았을 것이다. 종교는 건성으로 배우고, 철학은 근처에도 가 본 적이 없는 내 생각에는 그렇다. 세상의 모든 신은 '사랑'이라는 또 다른 이름이니까.

포트로 광장Plaza del Potro

스페인 작가 세르반테스Miguel de Cervantes Saavedra, 1547~1616가 쓴 소설 《라 만차의 재기 발랄한 시골 귀족 돈키호테El Ingenioso Hidalgo Don Quixote de la Mancha》의 내용은 간단하다.

스페인의 어느 시골마을, 라 만차. 알론소 키하노Alonso Quijano라 는 노인은 기사소설에 너무 빠져들어 스스로를 '돈키호테'라는 이 름의 기사로 칭하고 모험을 떠나기로 결심한다. 볼품없는 말 로시 난테Rocinante를 타고 낡은 칼과 창을 든 돈키호테, 그리고 돈키호 테의 꼬임에 빠져 그의 충직한 하인이 되기로 한 마을 농부 산초 판사Sancho Pansa는 긴 여행을 떠난다. 그리고 우스꽝스러운 소동을 벌이며 유명세를 얻는다. 우여곡절 끝에 라 만차로 돌아온 돈키호 테는 제정신을 차린 지 며칠 만에 죽는다.

솔직히 어린 시절 《돈키호테》를 읽었을 때는 왜 어른들이 '미친 할아버지'의 이야기를 '명작'이라 하는지 이해할 수 없었다. 어른 이 되어서 다시 읽었을 때는 왜 《돈키호테》가 매력적인지 이해했 지만 끝까지 다시 읽을 끈기는 없었다. 이야기에 사족이 너무 많 았다. 읽어 본 사람은 알 것이다. 아마 《돈키호테》의 인기에 힘입 어 가짜 속편까지 등장하자 화가 난 세르반테스가 억지로 급하게 속편을 쓰는 바람에 그렇게 사족이 늘어난 것 같다.

다시 한 번 읽는 데는 실패했지만 돈키호테는 내가 가장 좋아하는 소설 속 인물 중 한 명이다. 나와 비슷하기도 하다. 소설을 좋아하고, 말도 안 되는 상상을 하고, 어림없는 꿈을 꾸고, 남들이 아무리 말려도 그 꿈을 향해 돌진하는 모습이 나와 많이 닮았다.

사람마다 차이가 있겠지만 어떤 글이든 글쓴이의 모습이 투영되기 마련이다. 그래서 나는 세르반테스가 당연히 돈키호테와 비슷할 거라고, 그러니까 나와 비슷할 거라고 추측했다. 현실을 알았을 때는 실망을 넘어서 배반감까지 들었다. 세르반테스는 세금징수원으로 일할 때 비리를 저질러 교도소에 갇혀서 《돈키호테》를 구상했단다! 비리를 저지른 것도 처음이 아니었단다!

물론 부침이 많은 인생이긴 했다. 어린 시절에는 아버지가 진 빚 때문에 떠돌며 살아야 했다. 자원입대해 군인이 되었지만 전투 중 입은 총상으로 평생 왼손을 쓰지 못했다. 퇴역하자마자 해적의 포로가 되어 알제리로 끌려가 몇 년을 고생했다. 생계를 위해 글을 썼는데 생애 최고 베스트셀러인 《돈키호테》는 출판업자에게 판권을 통째로 넘겨버린 뒤였다. 그래도 말년에는 자신이 저지른 죄가 너무 많아 두려웠는지, 아니면 인생에서 너무 많은 부침을 겪어 다 허무해졌는지 수도사가 되었다.

스페인에는 돈키호테의 흔적이 꽤 많은 편이다. 돈키호테가 달려들었던 풍차가 있는 콘수에그라Consuegra, 엘 토보소El Toboso의 둘시네아Dulcinea의 집, 기사 서품을 받은 푸에르토 라피세Puerto Lapice의 여관, 마드리드의 스페인 광장에 세워진 돈키호테와 산초

포트로 광장이라는 이름은 망아지 모양의 분수에서 유래했다. '포트로'는 스페인 어로 '망아지'라는 뜻이다. 세르반테스가 묵었다는 포트로 여관이 바로 옆에 있으 며, 돈키호테에도 등장해 유명해진 곳이다.

판사의 동상……. 대부분은 돈키호테가 살았던 라 만차 지방이지만, 시에라 모레나 산맥과 바르셀로나까지 스페인 전역에서 돈키호테는 불쑥불쑥 등장한다. 하긴 《돈키호테》라는 소설 자체가 여행을 하며 펼치는 모험을 담은 것이니까 당연하다. 1780년 스페인 왕립아카데미는 돈키호테의 길 La Ruta de Don Quijote 을 정해서 발표했는데, 거리가 2,000km가 넘는다고 한다. 돈키호테의 길은 2007년 유럽문화의 길로 지정되었다. 언젠가 여유가 있으면 돈키호테의 길을 따라 나도 모험을 떠나고 싶다.

코르도바에는 세르반테스가 한때 살기도 했고 돈키호테에도 등장하는 포트로 여관 Posada del Potro 이 있었다. 여관을 찾아 헤매길 한 시간. 8월 한낮, 스페인 남부의 태양이 수직으로 내 머리 위에 박힐 것만 같다. 너무 더워서인지 유명 관광지인데도 불구하고 거리에 사람이 별로 없다. 모두들 그늘에 앉아 쉬고 있다. 우연히 보게 된 거리의 온도계는 '42.1'이라는 경이로운 숫자를 보여줬다. 더위에 지쳐서 아무것도 눈에 들어오지 않았다. 그래도 우리는 아무도 없는 거리를 꿋꿋하게 걸어 기어이 포트로 광장을 찾아냈다.

정말 망아지 동상 하나밖에 없는 작은 광장과 작은 여관. 조금은 허무했다. 겨우 이것을 보기 위해 거대한 메스키타를, 아름답고 싱그러운 유대인 광장을, 웅장한 로마교 Puente Romano 와 칼라오라 탑 Torre de la Calahorra 을 내버려두고 녹아내릴 것만 같은 무더위를 뚫고 왔나 싶어 한숨만 나왔다. 그런데 어쩌면 꿈이라는 존재는 원래 그런 걸지도 모른다는 생각이 들었다. 모든 것을 걸고, 미친 듯이 그것만을 향해 갔는데, 이루는 순간 허무함이 몰려올지도 모른다.

버나드 쇼George Bernard Shaw, 아일랜드의 작가, 1856~1950는 말했다.

"인생에는 두 가지 비극이 있다. 하나는 진정으로 원하는 꿈을 이루지 못하는 것이고, 다른 하나는 그것을 이루는 것이다."

너무 냉소적이긴 하지만 맞는 말이다. 꿈을 이루지 못할 때의 좌절감만큼 꿈을 이뤘을 때의 허무함도 클지 모른다. 그래도 난 꿈을 이루고 불행한 쪽을 선택하고 싶다. 아니, 그저 꿈을 꾸고 싶다. 돈키호테는 제정신을 차린 순간, 즉 꿈을 잃어버린 순간 죽어버렸다. 꿈이 없는 삶이란 불행한 것이 아니라 이미 죽은 것이었다.

"이룰 수 없는 꿈을 꾸고, 이룰 수 없는 사랑을 하고, 이길 수 없는 적과 싸움을 하고, 견딜 수 없는 고통을 견디며, 잡을 수 없는 저 하늘의 별을 잡자!"

《돈키호테》를 각색해 만든 뮤지컬, 〈맨 오브 라 만차Man of La Mancha〉에 나오는 '이룰 수 없는 꿈'이라는 노래의 가사이다.

불가능한 꿈이라도, 꿈을 꾸지 않는 것보다는 낫다. 너무 멀게만 느껴지는 꿈 때문에 매번 좌절하고 절망해도, 꿈이 없는 것보다는 낫다. 꿈을 향해 미친 듯이 달려가며 내 심장박동을 느낄 수 있고, 가까워지기는커녕 오히려 멀어져가는 꿈 때문에 고통스러워 주저앉았다가도, 그 꿈을 위해 다시 달릴 용기를 얻을 수 있으니까. 그래서 나는 영원히 꿈을 꿀 것이다. 비록 그 끝이 불행일지라도 말이다.

10
en
Segovia 세고비아

지구는 편평하고,
달에 토끼가 살고,
태양이 지구를 돌고 있다고 믿었던 시대.
그 시대에 만들어진 수도교는
완벽한 수학과 과학의 집약체였다.

2천년에 가까운 오랜 세월,
거대한 수도교는 쉬지 않고 물을 운반했다.

그리고 바로 지금,
하늘을 날고,
달에 발자국을 남기고,
더 먼 우주로 나아가는 꿈을 꾸는 시대,
우리는 트럭의 매연과 진동으로 수도교를 부식시키고,
주변 도로를 넓히고 주차장을 만들며
수도교를 무너뜨리고 있다.

세고비아의 알카사르^{Alcazar}

어린 시절, 그리고 성인이 되어서도 내가 가장 아끼는 보물은 그림이 가득한 동화책이었다. 여러 번 이사를 다니면서 물건을 꽤 많이 잃어버렸다. 잘 싸두었던 비싼 금 액세서리를 잃어버린 것도 아깝지 않았고, 거의 꺼내 보는 법 없지만 나의 과거가 선명한 앨범이 없어진 것도 아쉽지 않았다. 하지만 동화책을 잃어버린 것은 눈물이 날 정도로 안타까웠다.

내가 더 이상 동화책을 그리워하지 않게 된 건, 동화의 진실을 알고 나서였다. 우리가 알고 있는 옛날 서양동화는 크게 《안데르센^{Andersen}동화》와 《그림^{Grimm}동화》로 나뉜다. 나의 동화에 대한 환상을 깨뜨린 건 《그림동화》의 초판이었다.

《그림동화》는 독일의 언어학자인 그림형제가 전설과 민담을 집대성해 펴낸 《어린이와 가정의 이야기》에서 시작된다. 유네스코 세계기록유산이기도 한 《그림동화》는 아마 세상에서 가장 많이 팔린 책 중 하나일 것이다.

형 야콥^{Jacob Grimm, 독일의 언어학자, 1785~1863}은 학자로서의 자존심이 강해 수집된 설화를 변형하는 것은 민족적 자산을 훼손하는 것이라 여겼다. 그래서 《그림동화》의 초판은 잔인하고 외설적인 설화 그대로 출판되었다.

그러니까 동화《백설 공주》의 원래 설정은 이렇다. 백설 공주는 사치를 좋아하고 이기적인 성격이었다. 백설 공주의 친아버지는 롤리타 콤플렉스Lolita complex. 성인 남자가 어린 소녀에게만 성욕을 느끼는 콤플렉스를 가진 사람으로 어린 소녀인 백설 공주와 동침을 하는데 거리낌이 없다. 백설 공주를 죽이라고 사냥꾼에게 명령한 사람은 남편과 딸의 사이를 질투한 친어머니였다. 사냥꾼이 백설 공주 대신 잡은 동물의 간과 심장을 백설 공주의 것이라며 내밀자 친어머니는 소금에 무쳐 맛있게 먹는다. 백설 공주는 일곱 난쟁이 모두와 돌아가면서 동침을 하면서 친아버지와의 잠자리를 그리워한다. 독이 든 사과를 먹고 잠이 든 백설 공주를 데려간 왕자는 시체에 성욕을 느끼는 변태성욕자로 백설 공주가 깨어난 것을 결코 반가워하지 않았다. 백설 공주는 친어머니에게 불에 달군 쇠구두를 신기며 복수를 한다. 아무리 현대적이고 너그러운 관점에서 봐도 이건 절대적으로 '19세 이용불가' 도서이다. 근친상간, 변태성욕, 식인 등의 관습만으로도 버거운데 외설적인 장면이 얼마나 많은지 거의 포르노에 가까웠다.

결국 동생 빌헬름Wilhelm Grimm. 독일의 동화집성가. 1786~1859은 2판부터 문제가 되는 내용들을 수정하기 시작했다. 외설적인 묘사를 비롯해 근친상간, 변태성욕, 식인 등의 이야기는 모두 삭제했고, 친어머니는 계모로 바꾸었다. 그렇게 대대적인 수정을 거쳐 우리가 알고 있는 최종판인 7판이 나오게 된 것이다. 초판의 내용을 처음 접했을 때는 충격으로 한동안 멍했다. 첫사랑을 빼앗긴 기분이었다.

알카사르는 스페인어로 '성', 혹은 '궁전'이란 뜻으로 같은 뜻의 아랍어에서 유래했으며 스페인 여러 곳에서 볼 수 있다. 세고비아의 알카사르는 아랍의 요새가 있던 자리 위에 까스띠야 왕들이 몇 대에 걸쳐 증축하면서 지금의 모습을 완성했다. 월트 디즈니의 만화《백설공주》에서 백설 공주가 살던 성의 모델이기도 하다.

나의 실연에는 월트 디즈니Walt Disney, 만화영화 제작자, 디즈니랜드 설립자, 1901~1966도 단단히 한몫을 했다. 신문 판매업을 하는 아버지의 일을 강제로 도와야 하는 불행한 어린 시절, 디즈니는 편안하고 행복한 세상을 꿈꾸었다고 한다. 그리고 디즈니는 자신의 꿈을 영화 속에서뿐만 아니라 현실에서 이루어냈다. 바로 디즈니랜드가 디즈니가 꿈꾸던 세상이었다. 하지만 그렇게 행복한 동화 속 세상을 만들어낸 디즈니는 동화 속 주인공을 괴롭히는 악당과 더 비슷했다.

디즈니사의 회사 분위기는 워낙 권위주의적이고 비민주적이어서 직원들은 회사를 '마우슈비츠마우스와 아우슈비츠의 합성어'라고도 부른다. 물론 그렇게 부르다 들키면 큰일 난다. 디즈니사의 사원관리규정은 엄청나게 엄격한 것으로 유명한데 회사 내부 사정에 관하여 언급하는 것도 금지사항 중 하나이다. 사원관리규정에는 디즈니가 생전에 직접 정했다는 '용모복장규정'도 있다. 이른바 '디즈니 룩'이라고 불리는 규정은 황당할 정도로 엄격하다. 여직원은 치마를 입을 때 반드시 스타킹을 신어야 하며 민소매 셔츠는 입지 못한다. 요란한 헤어스타일, 피어싱, 문신노출, 수염도 금지항목이었다. 우습다. 내가 기억하는 월트 디즈니는 언제나 콧수염을 기르고 있었는데, 창업주는 되고 사원은 안 된다니. 디즈니 사후에도 철저히 지켜지던 용모복장규정은 2000년에 조금 완화되어 수염을 허용했지만 그나마 휴가 기간에만 한정했을 뿐 직장에 복귀할 때는 면도를 해야 했다. 나 원 참, 휴가기간의 복장까지 규정짓는 회사라니 할 말이 없다. 다행히 얼마 전에는 드디어 직장에서도 수염이 허용되었다.

하나를 보면 열을 안다. 용모복장규정에서 알 수 있듯이 디즈니
는 끔찍할 정도로 최악의 상사였다. 디즈니 스튜디오 노동자들이
미국 노동총연맹에 가입하려고 했을 때에도, 애니메이터들이 파
업에 참여했을 때에도, 어떤 이유를 가져다 붙여서라도 그들을 모
두 해고했다. 게다가 39세부터 죽을 때까지 FBI에 할리우드의 동
향을 보고하는, 한마디로 동료들을 고자질하는 비밀첩보원이었
다. 이러한 창업주의 정신을 디즈니사는 계승하려 노력한다.

어린이들에게 꿈과 희망을 파는 디즈니의 캐릭터 상품은 제3세
계 어린이들의 노동력을 착취해 생산한다. 1997년, 베트남공장에
서는 10대 소녀들이 주당 70시간을 일하고 겨우 4달러를 받았다.
그해 디즈니사 회장이 번 돈은 5억 7,500만 달러. 회장 한 명이 1시
간에 번 돈을 베트남의 소녀는 45번이나 다시 태어나 평생 일해야
만 벌 수 있다. 열악한 환경을 견디다 못한 아이티의 어린 노동자들
이 임금 인상과 노동조건 개선을 요구하자 디즈니사는 150명을 한
꺼번에 해고해 버린다. 그래서 디즈니는 스웨트숍워치Sweatshopwatch,
미국을 기반으로 하는 기업 감시 소비자운동단체 중 하나로 제3세계의 노동력착취기업을 상대로 압
력을 행사한다의 공격목표 순위 1위를 굳건히 지키고 있다.

또한 디즈니사는《피터 팬》,《피노키오》등등 다른 이들의 작품
은 마음껏 가져다 쓰면서도 자신들의 작품을 누군가 가져다 쓰면
무조건 저작권 소송을 벌이는 것으로도 악명을 떨친다. 어린아이
들이 유치원 담벼락에 디즈니 캐릭터를 그리는 것도, 미키 마우스
를 조금이라도 나쁘게 표현한 그림을 그리는 것도 소송감이었다.
일년에 평균 500건의 소송을 한다고 하니, 미국 내에서 가장 크고

무서운 법무 부서는 디즈니사에 있다는 말이 맞는 모양이다. 최근에는 알 카에다의 테러리스트 훈련 비디오에 미키 마우스가 등장했었는데, 바로 다음날 그 테이프는 사용이 금지되었다. 정말 대단하긴 하다. 오죽했으면 무인도에서 탈출하는 방법으로 '미키마우스를 그려라. 그러면 디즈니가 널 찾아내 소송을 할 것이다.'라는 우스갯소리까지 생겼을까. 물론 이런 디즈니사의 소송전쟁은 디즈니 캐릭터에 대한 긍정적인 이미지를 유지하기 위한 목적도 있다. 하지만 좀 심한 건 사실이다.

　디즈니의 소송전쟁은 저작권 때문에 벌어지므로 저작권 보호기간이 만료되면 전쟁도 종료될 수밖에 없었다. 보통 저작권은 창작자 사후 50년, 단체저작권은 공표 후 75년이 보호된다. 미키마우스는 1928년 공표되었다. 미키마우스 캐릭터는 디즈니가 아이디어를 내고, 어브 아이웍스^{Ub Iwerks, 디즈니사의 애니메이터이자 특수효과 기술자, 1901~1971}가 그림을 그렸기에 단체저작권에 속한다. 저작권보호기간 만료가 다가오자 디즈니사는 엄청난 로비를 하기 시작했다. 그리고 1998년, 소니 보노 의원이 지적재산권 보호기간을 기존보다 20년 연장시킨 '저작권기간연장법'을 상정했고 통과되었다. 일명 '미키마우스법'이라 불리는 이 법 덕분에 미키마우스의 저작권 보호 기간은 2023년까지로 늘어났고, 디즈니사는 엄청난 수입을 가져다주는 저작권을 당분간 지킬 수 있게 되었다.

　어린 시절, 나의 아름다운 동심을 지켜주고 환상적인 동화의 세계를 보여 주었던 디즈니사는 정말 두 얼굴을 가진 기업이다. 그래서인지 한때 디즈니에서 일했던 팀 버튼^{Tim Burton, 미국의 영화감독,}

1958~은 진저리를 치며 회사를 그만두었다. 그렇게 나는 첫사랑을 아프게 떠나보내야 했다.

디즈니 만화에 나오는 《백설 공주》의 성의 모델이 되었다는 알카사르를 보니 어린 시절 잃어버린 첫사랑이 되돌아오는 듯했다. 당장이라도 만화 속 백설 공주가 드레스를 입고 달려 나올 것만 같다. 성 아래 펼쳐진 숲 속 어디선가 일곱 난쟁이들이 광산으로 향하며 부르던 노래가 들려오는 것도 같다.

하지만 현실이 된 동화책 속으로 들어갔을 때, 돌아오려던 첫사랑은 다시 날아가 버렸다. 그곳에서는 백설 공주의 흔적이라고는 찾아볼 수 없었다. 그저 칼, 창, 갑옷 등의 무기만 가득했다. 차라리 나쁜 왕비와 거울만 있었어도 그렇게 실망하지는 않았을 텐데……. 나의 동화는 또다시 산산조각 났다.

어쩌면 나이가 들어간다는 건 그런 건지도 모르겠다. 내가 믿고 있었던 무언가가 실은 다른 모습을 하고 있다는 사실을 깨닫는 것, 내가 사랑했던 무언가가 갑자기 떠날 수도 있다는 현실을 받아들이는 것, 그리고 내가 꿈꾸던 무언가가 산산조각 나는 비극에 점점 익숙해져 가는 것……. 그래도 끊임없이 무언가를 믿고, 사랑하고, 꿈꾸는 것……. 아마 그게 우리 모두의 삶일 것이다.

세고비아의 수도교 Acueducto

수도교와 세고비아 구시가지가 보이는 레스토랑. 우리가 자리에 앉고 나서 곧바로 옆자리에는 십대 사춘기 남매와 부모로 보이는 사람들이 앉았다. 친구와 나도 말이 많은 편은 아니었지만 그들은 심각하게 조용했다. 정말 '조용한 가족'이었다. 식사를 하는 동안은 조용할 수 있지만 디저트로 나온 커피를 마시면서도 다들 따로 놀았다. 아버지는 담배를 피우고, 엄마는 수도교만 바라보고, 남매는 스마트폰에서 손을 놓지 못했다. 나의 소설 속 가족들과 완벽하게 닮아 있기도, 완벽하게 다르기도 한 가족이었다.

어느 독자가 물어본 적이 있었다. 주로 가족의 사랑과 화해를 다루는 소설을 쓰는 이유가 무엇이냐고. 난 정직하게 대답하지 못했다. 정확히 기억나지는 않지만, 현대사회에서 사라져가는 가족의 의미를 되새길 수 있었으면 하는 바람에서 그런 글을 썼다고 대충 얼버무렸던 것 같다.

사실은, 내가 이상적인 가족을 갖고 싶어서였다.

아, 그렇다고 오해하진 마라. 분명히 말하지만, 내 가족이 싫어서라고는 하지 않았다. 사실 이상이라는 것은 말 그대로 이상理想,

228

생각할 수 있는 범위 안에서 가장 완전하다고 여겨지는 상태이다. 그런 건 존재하지 않는다. 가끔 존재할 수도 있지만 확률적으로 존재하지 않을 가능성이 농후하고, 존재하지 않는다고 믿는 게 우리의 정신건강에 이롭다.

나는 어린 시절부터 예민하고 감정이 풍부한 아이였다. 그래서 누구보다 상처를 잘 받고, 그 상처를 극복하는 것도 힘겨웠다. 기억력이 좋은 편이 아닌데도 불구하고, 상처에 대한 기억만은 언제나 또렷하게 되새겨져 쉽게 잊지 못한다. 한마디로, 사회성이 발달할 수 없는 나쁜 성격의 조건을 완벽하게 갖추었다.

게다가 자폐성이 짙어 협소한 대인관계도 버거운 편이다. 잘못 어긋나면 히끼꼬모리引き籠り, '집 안에 틀어박혀 지내는 사람'이라는 뜻의 일본어가 될 가능성이 농후하다. 히끼꼬모리가 갖는 의사소통 부재, 자기혐오, 우울증 등의 증세를 이미 조금쯤 보이고 있는 듯도 하다. 히끼꼬모리가 인터넷에 중독되었다면 나는 책에 중독되었다는 점이 좀 다르다고나 할까. 밖으로 나도는 것보다는 혼자 방 안에 틀어박혀 책을 읽고 영화를 보는 것을 좋아하다 보니, 다른 누구보다 가족들과 있는 시간이 많았다. 함께 있는 시간이 많다 보니 좋은 일도, 나쁜 일도 많이 쌓였다.

가족이란 서로에게 든든한 버팀목이자 삶의 이유가 될 수도 있는 존재이다. 하지만 가족이란 가까운 만큼 서로 상처를 주기 쉬운 관계이기도 하다. 나의 약점과 단점을 가장 잘 알고 있는 사람들. 그래서 그들이 주는 상처는 더 아프고 쓰리다. 까다로운 성격

로마시대에 만들어져 프리오 강물을 세고비아까지 운반하던 수도교(Aqueduct, 水道橋)는 거의 완벽하게 보존되어 있다. 수도교란 로마시대에 협곡이나 계곡 위를 지나야만 하는 수로를 받치기 위해 가설한 다리를 뜻한다. 근처 산에서 물을 끌어오는 수로는 수도교의 위층에 설치되어 낮은 곳으로 흐른다. 서기 50년경에 건설된 것으로 추정되는 세고비아의 수도교는 알카사르와 고딕성당이 있는 구시가지와 함께 유네스코 세계문화유산으로 지정되어 있다.

탓에 인간관계의 범위를 최소한으로 제한하는 내게 선택의 여지 없이 주어진 가족이라는 관계는 언제나 버거웠다. 나만 그런 건 아닌 모양인지 제자 중에도 가족들과의 갈등으로 힘겨워하는 아이들이 꽤 있었다. 특히 사춘기의 아이들은 심각한 편이다.

아주 오래전, 제자 한 명이 전학을 가고 싶다고 해서 몇 달 동안 실랑이를 벌이며 고민한 적이 있었다. 그 아이는 부모님이 이혼한 뒤, 어머니와 함께 살고 있었다. 그런데 다른 지역에 있는 아버지와 함께 살고 싶다며, 기어이 전학까지 감행하겠다고 우겼다. 내 입장에서는 말릴 수밖에 없었다. 아버지는 이미 재혼을 한 뒤였고, 새로운 부인이 전남편과의 사이에 낳은 삼남매를 키우고 있었다. 십 년이 넘도록 떨어져 지냈던 아버지와 합치는데, 새어머니와 생판 모르는 오빠와 언니라니…… 게다가 아버지는 그다지 아이를 반기지도 않았다. 거의 1년이 넘도록 아버지를 조른 끝에야 '함께 살자'라는 동의를 겨우 얻어냈으니 말이다. 아무리 어머니와 갈등이 심하다고 해도 그런 상황을 선택하는 것을 두고 볼 수만은 없었다.

누군가와 함께 산다는 건 꽤 많은 희생과 인내를 요구한다. 태어났을 때부터 함께해 온 부모와도 가치관의 차이를 극복해야 하고, 어린 시절을 같이 해 온 형제자매와도 끊임없는 이해의 갈등을 겪기 마련이다. 그 오랜 시간 동안의 양보와 배려를 통해 비로소 가족이 되는 것이다. 그 아이가 확실하고 분명하게 존재할 갈등과 오해와 반목의 구렁텅이로 걸어가게 만들고 싶지 않았다.

1년만 지나면 성인이 되고, 그러면 어머니와 떨어져 살 수 있을 거라고 달랬지만 아이는 고집을 꺾지 않았다. 결국 아이는 먼 곳으로 전학을 갔다. 몇 달 뒤, 아이에게 전화를 걸었다.

"좋아?"

내 질문에 아이는 얼버무렸다.

"그냥, 그래요."

그 찰나의 쉼표에 많은 이야기들이 숨어 있었다.

"내가 했던 말 잊지 않았지? 아니다 싶으면 돌아와도 괜찮아."

한참을 망설이던 아이가 말했다.

"아뇨. 그건 싫어요."

아이는 여전히 힘들어 했다. 하지만 친어머니의 집착에서 벗어나고, 그런 친어머니를 사랑해야만 한다는 강박에서 벗어난 지금이 좋다고 말했다. 그 아이와 얘기를 나누며 난 깨달았다. 가족을 꼭 사랑해야 하는 건 아니다. 가족을 사랑하지 말라는 게 아니다. 가족이라는 이유만으로 사랑하고, 희생할 의무는 없다는 뜻이다.

세상에는 다양한 사람들이 존재한다. 미친 살인마에게도, 나쁜 사기꾼에게도, 가족이 있을 것이다. 그들의 가족에게 미친 살인마를 사랑하라고 강요할 수는 없는 노릇이다. 너무 극단적인 예를 들었나? 그저 가끔은 내가 너무 이상적인 가족에 집착하는 게 아닌가 하는 회의가 들었을 뿐이다. 그리고 그 이상에 대한 집착으로 인해, 이상과 어긋나는 내 가족들 때문에, 상처를 들쑤시는 건 나에게도 가족들에게도 이롭지 않다는 결론을 내렸다. 나는 나의 가족들을 사랑한다. 하지만 그 가족들의 모든 면을 사랑할 수는 없으며, 가족들을 위해 내 모든 것을 희생할 수도 없다.

우리나라의 가족문화는 유난히 희생을 강요한다. 과거에는 맏딸이나 장남이 학업을 포기하고 돈을 벌어 동생들의 학비를 대는 일이 많았다. 물론 그 반대의 경우도 많았고. 하지만 단 한 사람의 희생으로 가족이 행복해지는 건 불가능하다. 이미 희생하고 있는 그 사람이 불행할 테니까. 누군가의 불행 위에 건설된 행복은 언제라도 무너지기 쉽다.

그래도 우리는 믿기 힘든 무언가를 바란다. 수도교처럼 말이다. 2000여 년 전, 기계장비 하나 없이 무거운 돌을 나르고, 접착제 하나 없이 벽돌을 쌓아 올리고, 측량장비 하나 없이 정확히 경사를 계산해 만든 다리, 수도교. 우리는 아무리 힘들어도 묵묵히 희생해주는 아버지를, 무슨 짓을 저질러도 나를 사랑해주는 어머니를, 내 삶에 충고와 격려를 아끼지 않는 형제자매를, 아무리 시간이 흘러도 굳건하게 나를 지켜줄 가족을 원한다. 하지만 그런 이상적인 가족은 내 소설 속에도 존재하지 않는다.

《바보엄마》를 쓰는 동안 나는 내내 '부모의 자격'에 대해 생각했다. 과거에 지적장애인 학생을 가르친 적이 있었다. 부모가 모두 지적장애인이었고, 4명의 아이들도 모두 지적장애인이었다. 주위의 도움 없이는 생활이 불가능한 가족이었다. 매번 아이의 금전문제 때문에 교감선생님이나 행정실에 불려가곤 했다. 의무교육이란 허울뿐, 학교란 돈이 꽤 드는 곳이다. 지원이 되지 않는 경우도 많았고, 지원이 되는 경우에도 엄청난 양의 서류를 만들어내야 했다. 물론 그 서류 중 일부는 동사무소를 비롯한 행정기관을 내가 직접 방문해 발급받아야만 했다. 당시 바쁘게 뛰어다니는 나를 보며 누군가 말했다.

"자격이 없으면 아이를 낳지 말아야지."

평소에도 위로하는 척하며 어떻게든 나를 약 올리던 동료의 말에 꽤 시달리고 지쳐 있었던 나는 화를 냈다.

"그 자격이 뭔데? 누가 정해주는데? 그러면 돈 없는 사람은 아이 낳으면 안 되겠네? 교육 못 받은 사람은? 비윤리적인 사람은? 그러면 부모자격이 없는 사람은 부모라도 버려도 되는 거야? 반대로 생각하면 자식자격이 없는 아이는 버려도 되는 거겠네?"

'부모의 자격' 따위는 없다. '자식의 자격'이 없듯이 말이다.

《바보엄마》를 쓰고 나서도 나는 끊임없이 가족이라는 소재에 열중했다. 가족이란 꼭 혈연으로 이루어져야 하는 건지, 절대로 이해할 수 없는 가족의 존재를 어떻게 받아들여야 하는지, 삶에서 단 한 번도 함께하지 못했던 가족도 가족인 건지……. 그렇게 많은 생각을 하는데도, 난 아직 가족의 정확한 정의를 내리지 못했다. 그저 언제나 갈등하고, 상처 입히면서도, 결국은 이해할 수 없던 서로의 존재를 고스란히 수용할 수밖에 없는 존재, 그게 바로 가족에 대한 나의 미완성 정의이다.

ROMA
A
SEGOVIA
EN EL
BIMILENARIO
DE SU
AGUEDUCTO
MCMLXXIV

11
en
Toledo 똘레도

굽이치는 타호강 너머
중세의 도시가 노을로 물든다.

시간이 멈추어버린 도시에서
그렇게 또 하루가 저물어 간다.

시간이 멈추어버린 도시처럼
나의 시간도 멈추었으면 좋겠다.
저 도시를 굽어보고 있는 지금 이 순간, 그대로…….

똘레도의 알카사르^{Alcazar}

똘레도에는 예전에 군사학교와 군수공장이 많았다. 프랑코가 다녔던 군사학교도 이곳에 있다. 그래서 똘레도의 기념품점에는 반드시 칼, 창, 갑옷 등이 진열되어 있다. 보통 그런 기념품점 앞에는 갑옷을 입은 돈키호테가 창을 들고 서 있다. 돈키호테가 살았던 라 만차의 중심이 똘레도였기에 똘레도에서는 세르반테스의 동상을 비롯한 돈키호테의 흔적을 곳곳에서 볼 수 있다.

똘레도가 군사적으로 중요한 도시가 된 것은 끊임없이 전쟁을 치러야 했기 때문이다. 굽이치는 타호강으로 둘러싸인 똘레도는 천연의 요새이자 스페인 정중앙에 위치한 지리적 요건 덕분에 고대에서부터 스페인의 중심지 역할을 도맡았다. 그리고 수많은 전쟁을 치러야만 했다.

똘레도는 스페인 내전 당시 최대 격전지 중 하나였다. 전쟁 초반 전세는 공화국 정부군에게 유리했다. 하지만 똘레도의 수비대장이었던 프랑코군 모스까르도 대령^{Jose Moscardo, 1878~1956}은 공화국 정부군에게 포위당하고도 알카사르 안에서 72일을 버텼다. 알카사르는 로마시대에 지어진 성이 자의반 타의반으로 증축되고 개축된 곳이다. 여러 번의 화재와 전쟁 덕분에 알카사르는 점점 더 견고해져 갔다. 스페인 내전 당시 정부군은 알카사르의 지하에 굴을 뚫어 10톤이 넘는 다이너마이트를 폭발시켰지만 단단하기만 한 알카사르의 지반은 무너지지 않았고, 만 발이 넘는 포를 쏘며 수천 톤의 가솔린을 쏟아 부었지만, 6피트(1피트는 약 30.48cm) 두께라는 알카사르의 벽은 끄떡도 하지 않았다. 군수물자 공급이 되지 않는 상황에서, 기병용 말까지 죽여 식용으로 쓰면서도, 하루 한 끼도 제대로 먹지 못하면서도, 모스까르도는 항복하지 않았다.

공화국 정부군 지휘관은 당시 16살 소년이었던 모스까르도 대령의 아들 루이스를 인질로 잡고, 10분 내에 항복하지 않으면 아들을 죽이겠다고 대령을 협박한다. 당시 모스까르도 대령과 아들의 전화통화 내용은 군사박물관이 된 알카사르에 있는 녹음기를 통해 끊임없이 흘러나온다.

루이스 : 아버지!
모스까르도 : 그래, 애야, 넌 어떠니?
루이스 : 괜찮아요. 그런데 만약 아버지께서 항복하지 않으면 나를 총살시키겠대요.
모스까르도 : 그렇다면 너의 영혼을 하나님께 맡겨라. 그리고 '스페인 만세'를 힘차게 외치며 애국자로 죽어라.
루이스 : 아버지, 저의 마지막 힘찬 키스를 아버지께 보냅니다.
모스까르도 : 루이스야, 나도 이별의 강한 키스를 너에게 보낸다.

망설임 없이 아들에게 죽음을 명하는 아버지의 목소리는 가늘게 떨렸다. 거리낌 없이 아버지에게 이별을 고하는 아들의 목소리

똘레도의 알카사르는 로마시대의 요새가 여러 시대를 거치며 파괴되고 증축과 개축을 거듭해 현재의 모습이 되었으나 스페인 내전 당시 폭격으로 완전히 부서졌다. 현재의 알카사르는 남아 있는 건축 도면으로 재건축한 것이다.

는 희미하게 젖어갔다. 알아듣지 못하는 스페인어, 그런데도 눈물이 흘렀다. 감정은 이해가 아니라 이입되는 거니까.

그것이 이 세상에서의 마지막 대화였다. 루이스는 아버지의 말을 그대로 실행에 옮겼다. 기도를 드리고, '스페인 만세'를 부르며, 당당하게 총살을 당했다. 그리고 루이스의 죽음으로 이를 악문 모스까르도는 끝까지 똘레도를 지켜냈다. 한여름 내내 알카사르의 상황을 전했던 전 세계의 언론들은 프랑코군이 똘레도의 엘 알카사르 수비대를 구출하는 과정 또한 자세히 보도했다. 포위되어 있는 동안 태어난 아기까지 이슈로 떠올랐다. 프랑코는 이 구출과정을 영웅적으로 포장해 선전하면서 지도자의 이미지를 굳혔다.

벽에 새겨진 대화 내용을 바라보며 깨달았다. 나는 이제껏 프랑코의 반란군을 뒤틀린 시선으로 보고 있었다. 무솔리니와 히틀러와 손을 잡고, 시민들이 선택한 정부를 뒤엎고, 30년이 넘도록 독재정치를 펼치며 잔혹한 악행을 일삼았던 프랑코에 대한 편견 때문이었다. 만화처럼 나쁜 악당의 부하들은 모두 나쁘다고 나도 모르게 판단해 버렸다.

포위되었던 알카사르에서 풀려난 프랑코군은 정부군을 무참히 학살하기 시작했다. 중세의 도시 똘레도는 피로 물들어갔다. 알카사르에서 태양의 문Puerta del Sol까지, 경사진 골목의 구석구석에 정부군의 시체가 쌓여갔다. 프랑코군의 총에 맞느니 자살을 선택하는 정부군도 많았다. 그 정부군의 시체 위로 정부군을 도왔던 시민군의 시체도 쌓여갔다.

스페인 내전이 참혹했던 건, 반복되는 보복학살 때문이었다. 프랑코군도, 정부와 시민으로 이루어진 군대도 끊임없이 서로에게 보복을 일삼았다. 프랑코군이 점령했을 때는 론다의 누에보 다리에서 시민군이 내던져졌고, 시민군이 점령했을 때는 똘레도의 타호강으로 프랑코군이 내던져졌다. 아직 끝난 지 한 세기도 지나지 않은 전쟁, 나도 섣부른 판단은 하지 말아야겠다. 72일 동안 포위당해 알카사르 안에 갇혀 있었던 프랑코군도, 그 프랑코군을 향해 총을 쏘던 시민군도, 포위에서 풀려난 뒤 정부군을 향해 보복을 했던 프랑코군도……, 단순한 이분법적 논리로는 전쟁이라는 거대한 참상을 평가할 수 없었다.

알카사르에서 모스까르도와 아들의 대화를 듣고서야 깨달았다. 세상은 언제나 선과 악의 모호한 경계에서 움직인다는 것을 나는 오랫동안 잊고 있었다. 나에게는 횡포만 부리는 권위적인 상관이지만 누군가에게는 자애로운 부모일 수도 있다는 것, 나에게는 끔찍한 상처만 남기고 떠나간 연인도 누군가에게 실연을 당해 울 수도 있다는 것, 세상의 상처는 그렇게 돌고 돈다는 것을 잊고 있었다. 그저 내가 받은 상처만 아팠고, 내가 받는 고통만 끔찍했다. 고의적이든 실수였든, 의식적이든 무의식적이었든, 나도 누군가에게 고통과 상처를 주었다는 사실을 잊고 살았다. 나에게 상처를 받았던 누군가가 나를 용서해 주길 바라는 마음으로, 나도 내게 상처 준 누군가를 용서하려 노력해야겠다.

지키지 못할 게 뻔한 다짐을 하며, 그렇게 나는 알카사르를 나섰다.

엘 그레코^{El Greco}

1561년, 펠리페 2세는 수도를 똘레도에서 마드리드로 옮겼다. 그리고 산 킨틴 전투에서의 승리와 성^聖 로렌소를 기리기 위해 수도원을 겸한 엘 에스꼬리알 궁전^{El Escorial} 을 짓기로 한다. 1563년에 공사가 시작되자 유럽의 수많은 예술가들이 스페인으로 몰려들었다. 궁전과 수도원을 겸한 거대한 공사이니만큼 내부를 장식하는 데 필요한 예술가도 많았다. 스페인은 당시 유럽에서 가장 부유한 나라였다. 그 왕궁을 꾸미는 데 참여해 펠리페 2세의 눈에 들면 평생 먹고살 걱정은 하지 않아도 됐다. 당시 스페인으로 왔던 예술가 중 한 명이 바로 엘 그레코^{1541(?)~1614}이다.

그리스에서 태어난 엘 그레코의 본명은 도메니코스 테오토코폴로스^{Doménikos Theotokópoulos}이다. 엘 그레코는 '그리스인'이라는 뜻으로 스페인 사람들이 그를 불렀던 별명이다. 엘 그레코는 그 별명이 그리 마음에 들지 않았는지, 아니면 자신의 뿌리를 잊고 싶지 않았던 것인지, 반드시 그리스 문자로 된 본명으로 그림에 서명을 했다. 엘 그레코라는 별명은 그의 행적을 잘 드러내준다. 그리스의 크레타 섬 칸디아에서 태어난 엘 그레코는 26세에 이탈리아로 가서 로마와 베네치아에서 십여 년을 보낸 뒤, 스페인으로 와 죽을 때까지 똘레도에서 살았다. 스페인어 정관사 'El', '그리스인'이라는 뜻의 이탈리아어 'Greco'가 합쳐진 엘 그레코라는 별명은 그와 관련된 나라를 모두 포함하고 있다.

지인을 통해 알게 된 똘레도 대성당의 사제장이 그림을 주문하면서 엘 그레코는 마드리드를 떠나 똘레도에 오게 된다. 하지만 〈옷을 빼앗기는 그리스도Espolio〉가 완성되고 나서 분쟁이 시작되었다. 당시에는 그림이 완성되고 난 뒤, 주문자와 화가가 가격을 협상했다. 당연히 사는 사람은 가격을 깎으려 하고, 파는 사람은 가격을 높이려 하니 마찰이 있을 수밖에.

엘 그레코의 가족들 중에는 무역업이나 관리직 공무원이 많았기 때문에 엘 그레코는 거래나 소송을 겁내지 않았다. 게다가 주문자의 요구대로 그림을 수정해 주는 당시 관행을 따르지 않을 정도로 자신의 그림에 대한 자신감이 넘쳤다. 그림에 대한 자부심과 사치스러운 생활로 인한 빚 때문에, 엘 그레코는 그 뒤로도 자주 그림 가격을 두고 분쟁을 일으켰다. 어떤 경우에는 그림 가격보다 소송비용이 더 많이 들어가는 경우도 있었지만, 그는 개의치 않았다. 당시 화가의 주 고객 중 하나인 성당과 스페인에 오자마자 분쟁을 벌였으니, 남은 희망은 펠리페 2세밖에 없었다.

다행히 엘 그레코는 스페인에 왔던 목적대로 엘 에스꼬리알 궁전의 그림을 그릴 기회를 잡았다. 〈펠리페 2세의 꿈Dream of Philip II〉에 이어 〈성 마우리티우스의 순교Martyrdom of St. Maurice〉를 그렸는데, 펠리페 2세는 엘 그레코가 그린 〈성 마우리티우스의 순교〉를 그다지

El Greco 〈View of Toledo〉
121.3cm×108.6cm Metropolitan Museum of Art, New York City

마음에 들어 하지 않았고 다시 그리라고 명령했다. 하지만 엘 그레코는 그 명령을 따르지 않았고, 펠리페 2세는 결국 원래 〈성 마우리티우스의 순교〉를 걸기로 했던 제단에 다른 화가의 작품을 걸었다. 궁중화가의 꿈은 완전히 날아갔다. 성당과 왕실, 중요한 고객 둘을 모두 잃어버린 것이다. 하지만 엘 그레코는 스페인을 떠나지 않고 똘레도에 정착했다. 그리고 연인 헤로니마 데 라스 쿠에바스와 그녀와의 사이에서 낳은 아들 호르헤 마누엘과 함께 죽을 때까지 40여 년을 똘레도에서 살았다. 유언장에도 언급될 정도로 돈독한 사이였던 연인과 끝까지 결혼을 하지 않은 이유에 대해서는 아마 엘 그레코가 이미 결혼한 상태였기 때문이라는 추측이 많다. 물론 정확한 이유는 알 수 없다. 그래도 엘 그레코는 똘레도에서 행복했던 것 같다. 똘레도에 정착하고 나서야 그의 그림은 특유의 화풍을 견고하게 확립했고, 아마도 불행했을 결혼생활에서 떠나 그가 부인이라고 인정했던 연인과 함께 살 수 있었으며, 그림에까지 그려 넣을 정도로 사랑했던 외아들도 얻었으니까.

2014년은 엘 그레코의 사망 400주년이어서 엘 그레코 특별전이 많이 열렸다. 하지만 엘 그레코의 작품은 이동 불가능한 것이 많아 그의 작품을 보려면 똘레도나 마드리드에 가는 게 가장 좋다. 똘레도에서는 어디를 가나 그의 작품을 볼 수 있다. 엘 그레코의 집Casa y Museo de El Greco, 산타크루스 미술관Museo de Santa Cruz, 똘레도 대성당Toledo Catedral, 산토 토메 성당Iglesia de Santo Tomé, 산토 도밍고 엘 안티구오 수도원Santo Domingo el Antiguo, 똘레도 타베라 병원, 산 호세 성당, 산 후안 수도원…… 다 보려면 일정을 아주 길게 잡아야 한다. 〈오르가스백작의 매장〉 밖에 없는 산토 토메 성당의 경우에는 5분 동안의 관람을 위해 입장권을 사고 나서 꽤 기다려야 할 때도 있다. 어쨌든 똘레도는 도시 전체가 엘 그레코의 미술관이나 다름없다. 그래서인지 엘 그레코의 이름이 들어간 무언가가 참 많은 도시이기도 했는데, 엘 그레코 호텔을 보고는 깜짝 놀랐던 기억이 난다.

사실 난 엘 그레코의 그림을 그다지 좋아하지 않는다. 창백한 얼굴, 금방이라도 흘러내릴 듯 눈가에 맺힌 눈물, 당장이라도 비가 내릴 듯 어두운 회색빛의 배경……. 그의 그림은 어딘지 모르게 우울하고 불안하면서도 음습하다. 그 어두운 분위기에도 불구하고, 몽환적이고 신비롭기도 하다. 사람의 이면을 꿰뚫고 있는 것만 같은 그 묘한 분위기 때문에 사람들은 엘 그레코를 '영혼을 보는 자'라고 불렀다. 하지만 내게 엘 그레코의 그림은 정확히 기억나지 않지만 기분 나쁜 꿈을 꾸고 깨어난 듯한 기분을 느끼게 만든다. 한눈에 알아볼 수 있을 만큼 독창적이지만, 그가 천재라는 걸 분명히 알 수 있지만, 그의 그림은 날 불편하게 만든다.

엘 그레코는 시대를 너무 앞서간 화가 중 한 명이다. 그의 그림 속 인물이나 풍경은 현대의 추상화에서처럼 기묘하게 일그러지고 뒤틀리고 변형되었다. 그래서 그가 난시였거나 시각장애를 앓았을 거라는 학설도 있다. 시각장애를 앓았을 거라는 학설이 제기된 화가라면 반 고흐가 먼저다. 반 고흐는 심각한 압생트^{Absinthe, 19세기} ^{후반 프랑스에서 많이 마셨던 술} 중독이었는데, 압생트의 부작용 중 하나가 물체가 노란 빛으로 보이는 '황시증^{黃視症}'이다. 압생트의 성분 중 하나인 테레벤이라는 물질 때문에 황시증이 생긴다고 한다. 그래서 고흐의 〈해바라기〉가 그리도 아름다웠다면 그 부작용에 우리는 감사해야하는지도 모르겠다. 원래 의료용으로 만들어졌던 독주인 압생트의 또 다른 부작용은 환각과 착시현상이니 반 고흐가 보였던 정신착란 증세와도 일치한다. 그래서 반 고흐가 압생트 부작용을 앓았다는 것은 공공연하게 받아들여진다. 하지만 내 생각으로는 엘 그레코의 그림은 시각장애까지 제기될 정도로 뒤틀리지는 않아 보인다. 그저 독특할 뿐이다.

누구라도 알아볼 수 있는 그림의 독창성 때문인지 엘 그레코는 많은 화가들에게 영향을 끼쳤다. 피카소는 벨라스케스^{Diego} $^{Rodriguez\ de\ Silvay\ Velâzqez,\ 스페인의\ 궁정화가,\ 1599~1660}$를 존경했고, 벨라스케스는 엘 그레코를 존경했다는데, 그래서인지 피카소는 엘 그레코의 〈다섯 번째 봉인의 개봉$^{The\ Opening\ of\ the\ Fifth\ Seal}$〉에서 영감을 받아 〈아비뇽의 아가씨들〉을 그렸다고 한다.

유럽 전역에 비슷한 그림이 여러 점 있을 정도로 다작을 했던 엘 그레코가 남긴 풍경화는 단 2점인데 모두 똘레도를 그린 것이다. 〈똘레도의 풍경$^{View\ of\ Toledo}$〉과 〈똘레도의 풍경과 설계도^{View} $^{and\ Plan\ of\ Toledo}$〉. 그림 속 똘레도는 실제 모습과 다르다. 엘 그레코는 마음대로 건물의 위치를 바꾸고 생략해 완전히 다른 모습의 똘레도를 만들어냈다. 역시 너무나 시대를 앞서간 풍경화였다.

'엘 그레코의 집'이라 불리는 곳은 실제 엘 그레코가 살았던 곳이 아니라 그 집이 있는 곳 옆에 있던 폐가를 베니뇨 데 라 베가

잉클란 후작이 재건축한 것이다. 엘 그레코를 좋아했던 후작은 가구 배치, 타일 세공, 목조 세공, 도자기와 책까지 신경 써 엘 그레코의 집을 그대로 만들어냈다. 엘 그레코가 실제로 산 곳은 마르케스 데 비예나라는 비예나 후작의 저택이었는데 역사가 프란시스코 데 피사는 그 저택을 똘레도에서 가장 아름다운 건물이라고 말했다. 엘 그레코는 그림뿐만 아니라 다방면에 관심이 많았고, 학자나 성직자들과 두터운 신분을 쌓았다. 그의 서재에는 그리스어, 이탈리아어, 스페인어뿐만 아니라 라틴어로 된 책까지 가득했다고 한다. 종류도 다양해서 유행서적이나 고전은 물론이고 건축학 논문까지 있었다.

마침내 정착한 똘레도, 엘 그레코는 죽어서도 똘레도에 남았다. 그는 산토 도밍고 엘 안티구오 수도원에 있는 가족묘지에 묻혔다. 하지만 아들 호르헤 마누엘이 수녀들과 말다툼을 벌이는 바람에 가족묘지는 산토르콰토 성당으로 옮겨졌고, 그 성당이 파괴되면서 엘 그레코의 무덤은 완벽하게 사라졌다. 결국 엘 그레코의 집도, 무덤도 세상에서는 사라졌다. 하지만 그의 그림만큼은 남아서 다른 화가들에게 많은 영향을 주고 있다. 그리고 우리는 그가 걸었던 거리, 그가 머물렀던 성당, 그가 행복했던 똘레도에서 그를 느낄 수 있다.

똘레도의 파라도르 Parador

꽤 많은 곳을 여행했지만 아직도 못 가 본 곳이 가 본 곳보다 많다. 그런데도 낯선 곳이 아닌 스페인을 다시 가기로 결정했을 때는 수많은 이유가 있었다. 그 가운데에서 가장 큰 이유는 사람들이었다.

내가 스페인에 처음 갔을 때는 세기말, 1999년이었다. 세기말의 음습한 기운에 20대의 방황이 겹쳐져 우울하던 시기였다. 당시 스페인은 그저 순박한 사람들이 가득한 시골 느낌이 강했다.

코스타 델 솔, 한적한 해변 이름 모를 도시에서 만난 레스토랑 종업원은 한국인을 처음 만난다며 신나서 악수하자고 달려들었다. 줄줄이 몰려든 웨이터들과 악수한 뒤에는 서비스로 나온 타파스와 샹그리아를 맛볼 수 있었다. 그 뒤로도 그런 일은 종종 벌어졌다.

바르셀로나의 지하철에서 길을 물어보면 지나가던 사람들이 하나둘씩 모여들기 시작했다. 정치적 이유로 학교에서 영어교육을 하지 않아 영어를 못하는 스페인 현지인들과 스페인어라고는 한마디도 할 줄 모르는 나 사이에는 견고한 언어장벽이 놓여 있었다. 언제나 서른 명은 족히 넘게 모여들어 나를 둘러쌌는데도 불구하고 그중에 영어를 하는 이가 하나도 없었지만, 그래도 좋았다. 낯선 곳에서 길을 잃은 완벽한 타인을 위해 우스꽝스런 몸짓으로 설명을 하는 소년이 싱그러웠고, 조금이라도 길을 알려주려 지도까지 그리는 노인이 정겨웠다.

당시에도 바르셀로나는 스페인에서 가장 번화한 지역이었다. 그만큼 위험하다는 주의도 여기저기서 들었다. 바르셀로나에서의 어느 날 새벽, 호텔에서 5분 거리의 지하철역에 내린 뒤 길을 잃었다.

새벽 1시가 넘은 시간, 거리의 상점은 대부분 불이 꺼져 있었다. 길치인 나에게는 모든 거리가 완벽하게 똑같아 보였다. 그나마 불빛이라고는 모 은행의 현금인출기밖에 없었는데 이쪽으로 10분을 걸어가도 그 은행이 나오고, 저쪽으로 10분을 걸어가도 그 은행이 나왔다. 그 은행이 여러 군데에 있는 건지, 내가 제자리를 뱅뱅 돌고 있는 건지조차 구분되지 않았다. 한 시간이나 헤매었는데도 호텔은 보이지 않았다. 길에는 오가는 사람도 거의 없었다. 지칠 대로 지치고 겁도 나고 당황스러워 눈물이 나올 지경이었다.

새벽 2시가 훌쩍 넘은 시간, 때마침 술집 셔터를 내리고 있는 남녀를 보고 달려갔다. 동료라기엔 꽤 다정해 보이는 게 연인이나 부부로 보여 그나마 안전할 거라는 생각이 들었다. 하지만 그들도 영어를 못했다. 다행히 며칠 동안의 스페인 여행 덕분에 내게도 요령이 생겼다. 호텔에서 가져온 주소가 적힌 성냥을 꺼내 보여주었다.

여자와 남자는 성냥을 들고 한참을 애기했다. 아무래도 호텔 위치를 모르는 것 같았다. 아주 긴 토론을 끝낸 뒤, 여자가 말했다.

손가락으로 자신을 가리키며 "I."

손가락으로 나를 가리키며 "?(영어인지 스페인어인지 구분이 가지 않는 이상한 언어였지만 아마도 '너'일 거라 짐작된다.)"

손가락으로 차를 가리키며 "Go."

기특하게도 나는 그 말을 알아들었다. 아, 나를 호텔까지 자동
차로 데려다주겠다는 말이구나. 새벽 3시가 가까운 시간이었다.
나는 겁도 없이 그들이 모는 차에 올라탔다. 참, 무서움을 몰랐던
20대였다. 어차피 다른 선택의 여지가 없기도 했다.

그런데 30분이 넘도록 자동차가 멈추지 않았다. 아무리 내가 호
텔 주변에서 헤매었다고는 하나 자동차로 그리 먼 거리일 리는 없
었다. 조금씩, 스멀스멀, 겁이 나기 시작했다.

아직도 생생하게 기억난다. 쌀쌀한 가을 날씨, 나는 황토색 스
웨터 위에 까만 망토를 입고 있었다. 등에 메고 있던 가방을 끌어
당겨 앞주머니 안에 넣어두었던 작은 나이프를 꺼냈다. 새끼손가
락 길이 정도의 나이프는 너무 작아 과일 깎기에도 불편했다. 그
러니 호신용으로는 어림도 없었다. 그래도 나는 망토 안에서 그
나이프만 꽉 쥐고 있었다. 별의별 생각이 다 들었다. 설마 나를 이
상한 곳으로 납치하려는 건가? 영화에서나 보았던 마피아는 아니
겠지? 하필이면 술집 문을 닫고 있던 사람에게 다가갈 게 뭐람?
내가 미쳤지, 겁도 없이 모르는 사람의 자동차에 올라타다니…….
불행하고, 불순하고, 어두운 생각만 넘쳐났다.

그리고 다시 30분, 한 시간이 넘는 시간이 지나 내 신경이 갈가
리 찢어질 무렵, 여자와 남자의 목소리가 갑자기 높아졌다. 나는
더욱 더 나이프를 꽉 쥐었다. 어두운 밤거리, 그들이 차를 세운 곳
은 바로 호텔 앞이었다. 휘황찬란하게 불을 밝힌 호텔 로비를 보

서고트 왕국이 수도로 삼은 뒤, 이슬람 지배기에 잠시 코르도바로 수도를 이전한 시기를 제외하고 16세기에 마드리드로 수도를 옮기기 전까지 똘레도는 천년 동안 스페인의 옛 수도였다. 수도가 옮겨지고 난 뒤, 도시는 그대로 멈춰버렸다. 그렇게 중세시대의 모습을 고스란히 간직한 똘레도는 도시 전체가 유네스코 세계문화유산으로 지정되어 있다. 똘레도에서는 꼭 무언가를 보기 위해 찾아 헤맬 필요가 없다. 길을 잃어도 상관없다. 당신이 서 있는 바로 그곳이 유네스코 세계문화유산이니까.

는 순간, 아, 젠장. 나도 모르게 욕이 나왔다. 그들이 아니라 나에게. 새벽, 피곤함에 찌들었을 텐데도 나를 위해 한 시간이 넘도록 길을 헤매었던 그들을 의심한 나는 욕을 먹는 게 당연했다. 어떻게라도 내 죄책감을 덜어보려고 감사의 표시로 건넨 돈을 거절하고 재빨리 자동차에 올라타 쌩하니 가버린 그들을 의심한 나는 욕을 먹어도 쌌다.

그렇게 나는 스페인에서 세기말의 어두운 기운을 몰아내고 20대의 날카로운 신경을 달랠 수 있었다. 그렇게 아름다운 스페인에서의 좋은 추억이, 친절하고 다정한 스페인 사람들이 나를 다시 스페인으로 이끌었다.

그런 스페인 여행지 중에 가장 기억에 남는 곳이 있다면 톨레도였다. 친구가 여행 계획을 짤 때, 나의 조건은 두 가지였다. 바르셀로나에 되도록 오래 머물 것, 반드시 톨레도에 하루 이상 묵을 것.

다행히 친구도 톨레도의 매력에 흠뻑 빠져들었다. 우리는 미술관, 성당 등을 비롯한 유명한 관광지는 물론이고, 미로처럼 얽혀 있는 톨레도의 뒷골목까지 샅샅이 훑고 다녔다. 너무 신나서 돌아다니느라 꽤 늦은 시간까지 저녁식사도 못했다. 언제나 신중하게 음식점을 고르는 편이었지만, 그날은 너무 배가 고팠기에 눈앞에 보이는 레스토랑에 무작정 들어갔다.

우리를 본 웨이터가 다가오더니 9시에 레스토랑 문을 닫을 거라고 했다. 시계를 보니 8시가 조금 넘은 시간이었다. 우린 상관없다고 말했다. 어차피 어떤 요리가 나오든 고등학교 시절 도시락

까먹던 실력으로 단 5분 안에 해치울 자신이 있었으니까. 실랑이를 하던 웨이터는 일단 주문한 맥주를 먼저 가져다주었다.

맥주를 마시며 허기를 달래는데 뭔가 이상했다. 우리가 맥주잔을 완전히 비우고 나서도, 다른 사람들이 끊임없이 들어와 자리를 잡고 앉았다. 그런데 웨이터는 그들에게는 아무 말 없이 메뉴판을 가져다주었다. 우리가 주문한 음식이 나오고, 그 음식을 다 먹고, 9시가 넘어도 손님들은 계속해서 들어왔다. 그제야 뭔가 이상하다는 것을 깨달았다. 그 웨이터는 우리를 내쫓고 싶었던 거였다.

호주로 이민을 간 친구가 말한 적이 있었다. 영화관에서 영화를 보는데 뒤에서 팝콘을 던졌다고. 멈추길 바랐지만 멈추지 않아 결국 영화를 보다 나왔다고 말하며, 친구는 한숨을 내쉬었다. 시드니 같은 대도시에서는 덜 하지만 조금만 시골로 가도 호주의 백호주의White Australia Policy, 白濠主義가 심각하다는 것을 느낄 수 있다며, 이사를 해야만 하는지 고민하는 친구에게 뭐라 위로를 해야 할지 몰라 '그런 놈들은 무조건 나쁜 놈들'이라며 얼굴도 모르는 사람들에게 욕만 퍼부었다.

내가 사는 이 세계가 이상과 멀다는 것은 일찌감치 깨달았다. 이상향을 바라는 건 나 자신만 상처 입힐 거라는 것도 알고 있었다. 이상의 다른 표현은 허상이라는 걸 늘 스스로에게 주지시킨다. 인종차별? 나 자신도 편견을 완벽하게 극복하지 못한 주제에 다른 이에게 인종을 차별하지 않는 올바른 가치관을 바랄 수는 없었다.

사실 마요르카는 조금쯤 마음을 다잡고 갔다. 워낙 고급 휴양지이기에 유색인종은 드물다고 했다. 그다지 유명한 관광지도 없

파라도르는 스페인어로 '성'이라는 뜻으로, 말 그대로 고성을 개조해 만든 스페인의 국영호텔체인이다. 론다, 그라나다, 세고비아 등 유명 관광지에는 거의 파라도르가 있다. 고성인 만큼 경관이 좋은 곳이 많다.

었기에 배낭여행족들이 잘 가지 않는 곳이기도 했다. 예상대로 꽤 큰 비행기였는데도 불구하고 마요르카행 비행기 안에 유색인종은 친구와 나 둘뿐이었다. 하루 종일 마요르카 거리를 돌아다녀도 유색인종은 친구와 나를 합쳐 열 손가락을 꼽지도 못할 정도였고, 드넓은 마요르카 해변 여러 곳에서도 유색인종은 항상 우리 둘이었다. 다행히 마요르카의 사람들은 유색인종인 우리를 신기하다는 듯 흘낏 바라볼 뿐 별다른 반응을 보이지는 않았다. 괜스레 고급 레스토랑에 갈 때면 입장을 거절당할까 봐 주눅이 들었었는데, 사람들은 친절하기만 했다. 하긴 안익태安益泰. 애국가의 작곡가로 마요르카 교향악단의 상임지휘자였다. 1906~1965도 마요르카에 꽤 오래 살았으니까. 인종차별이 심했다면 그렇게 오래 머물지는 못했을 터였다.

하지만 똘레도에서, 내가 반드시 다시 가야 한다고 주장한 바로 그 도시에서, 인종차별을 당할 거라고는 예상하지 못했다. 그래서 더 화가 나고 억울했다.

친구와 나는 기분이 많이 상해서 호텔로 향했다. 똘레도에서 우리가 지낼 숙소는 파라도르. 똘레도의 외곽에 지어진 파라도르는 택시를 타고 꽤 오래 가야 했다. 우리는 내내 구시렁거렸다.

"그래서? 지들은 완벽한 백인이야?"

스페인은 아랍에 지배당했던 역사로 인해 아랍인과의 혼혈이 많은 편이었다. 그래서 자신들이 유럽인에 포함된다는 걸 은근히 자랑스러워하는 편이다.

"우습지도 않아. 하여간 열등감이 많은 것들이 문제라니까. 자기만의 편견에 휩싸여서 자신이 갖고 있는 단점을 남들이 가지고 있으면 미친 듯이 미워하지. 그래서 지들이 생각하기에 지들이 백인 같지 않으니까 유색인종을 더 무시하는 거야. 짙은 피부색을 단점이라 생각하는 인종차별적인 가치관이 더 큰 단점이라는 걸 왜 모를까?"

우리는 택시기사에게 추가요금을 주고 내리면서도 투덜거렸다.

아, 그런데 호텔이 너무 아름다웠다. 우리나라에서는 돈 내고도 볼 수 없는 엘 그레코의 그림이 로비에 가득했다. 게다가 하필이면 우리가 묵는 방은 그 호텔에서 가장 전망 좋은 방이었다. 전 세계 유명인들이 거쳐 갔다는 그 방은 모서리에 위치해 다른 방보다 베란다가 두 배나 넓은데다 똘레도를 한눈에 내려다볼 수 있었다.

친구가 갑자기 짜증을 내며 소리를 질렀다.

"정말 재수 없어."

황당했다. 이렇게 완벽한 호텔에서 화를 내다니. 춤을 추어도 모자랄 판에. 친구를 이해할 수 없었다. 난 조심스레 입을 열었다.

"뭐가?"

"너무 화가 나서 진짜 이제 다시는 스페인 오지 않으려고 했는데, 이딴 걸로 감탄하게 만들잖아. 다시 오고 싶게."

그래서 우리는 잊기로 했다. 멍청한 인종차별주의자 한 명 때문에 우리의 추억을 망칠 수는 없었다. 똘레도의 밤풍경을 바라보며 와인 한 병을 다 비웠다. 아무리 오래 보고 있어도 익숙해지지 않을 만큼 아름다운 야경이 우리를 더욱 취하게 만들었다.

12

en
Madrid 마드리드

그랑비아Gran Via에서 쇼핑하기.
레티로 공원Parque del Buen Retiro 호수에서 배 타고 노 젓기.
시벨레스 궁전Palacio de Cibeles 안 우체국에서 엽서 쓰기.
프라도 미술관Museo del Prado에서 하루 종일 어슬렁거리기.
솔 광장Puerta del Sol에서 한밤중에 벌어지는 퍼포먼스 구경하기.
끝없이 길어지기만 하는 여행 계획.
해 보고 싶은 것도 해야만 하는 것도 많은 도시, 마드리드.

마드리드 왕궁Palacio Real de Madrid

스페인은 영국처럼 입헌군주제 국가이다. 하지만 늘 그랬던 것은 아니었다. 스페인 내전의 출발점이 되었던 1931년 4월 총선거 결과 공화정이 선언되었고, 당시 왕이었던 알폰소 13세Alfonso XIII, 1886~1941는 로마로 망명을 한다.

알폰소 13세는 5남 2녀를 두었는데, 부인이 혈우병보인자였기에 장남과 막내는 혈우병으로 요절했고, 차남은 유아기에 수술을 받은 뒤 청각장애를 앓았다. 프랑코는 자신의 후계자로 알폰소 13세의 손자인 후안 카를로스를 선택한다.

후안 카를로스Juan Carlos, 1938~는 스페인으로 돌아와 프랑코의 후계자가 될 단계를 차근차근 밟았다. 그래서 스페인 사람들은 프랑코의 죽음에도 아무런 희망을 품지 않았다. 후안 카를로스가 왕으로 즉위해도 변하는 것은 없을 거라 생각했다. 프랑코의 군사독재에서 후안 카를로스의 왕정독재로 변할 거라고 예상했다. 하지만 후안 카를로스 1세는 군부독재의 잔재들을 청산하고 민주화운동을 주도하였다. 그에 반대해 군부가 쿠데타를 일으켰을 때는 군복차림으로 TV 앞에 서서 국민에게 연설했다.

"나는 스페인을 버리지 않습니다. 최후까지 저항할 것입니다.

따라서 반란자는 나를 총살하지 않으면 안 될 것입니다."

결국 쿠데타는 실패로 끝났고 후안 카를로스 1세는 '민주주의를 수호하는 왕'으로 불리게 되었다. 그리고 재임기간^{1975.11.22~2014.6.19} 내내 꽤 인기 있는 왕이었다. 당연한 일이다. 신념을 위해 절대적 권리를 포기하는 희생은 쉬운 일이 아니니까.

후안 카를로스 1세는 재임 중에도 끊임없이 국민들이 좋아할 만한 뉴스를 만들어내며 인기를 유지했다. 국민들이 가장 좋아했던 일화 중 하나는 2007년, 이베로아메리카 정상회의에서 벌어졌다. 베네수엘라 차베스 대통령이 아스나르 전 스페인 총리에 대해 비난하는 발언을 계속하자, 국왕은 차베스 대통령에게 '입 닥치지 못하겠느냐?'라며 소리를 질렀다. 외교적으로 문제가 될 수 있는 발언이었지만 스페인 국민은 오히려 환호했다.

그런 그가 2014년 6월 19일에 아들 펠리페 6세^{Felipe VI, 1968~}에게 보위를 양위하고 퇴위하였다. 계속된 왕실에서의 불미스러운 사건 때문이었다. 경제위기 상황에 호화스러운 코끼리 사냥을 다니다 후안 카를로스 1세가 비난에 시달린 지 얼마 되지 않아, 막내 공주 크리스티나 부부의 공금횡령 사건이 터지자 여론은 심각할 정도로 악화되었다.

그의 양위소식이 알려졌을 때, 스페인 전역은 왕정폐지를 원하는 국민들의 데모로 매일 시끄러웠다. 당연히 까딸루냐에서는 더 심각했다. 현대사회에서 왕정폐지와 왕정복고를 모두 겪었기에 왕정폐지라는 단어가 더 쉽게 나왔는지도 모른다. 어쨌든 펠리페 6세는 보위를 물려받았다. 왕정폐지운동과는 별개로 펠리페 6세

현재의 왕궁은 원래 있던 왕궁이 화재로
인해 불탄 자리에 펠리페 5세(Felipe V,
1683~1746)가 다시 지은 것이다. 2,800여
개의 방 중 50개의 방만 일반에 공개되
고 있다.

는 왕세자 시절부터 인기가 좋은 편이었다.

바르셀로나 올림픽에서 스페인 요트 대표팀으로 출전해 4개의 금메달과 1개의 은메달을 따냈고, 왕실의 홍보팀이나 마찬가지인 레알 마드리드가 아닌 AT 마드리드의 팬이며, 영화관에서 평민들에 섞여 영화를 보고, 별을 보는 것을 취미로 삼는 왕세자는 미혼 시절 최고의 신랑감 중 한 명이었다.

그런 왕세자가 왕실의 반대를 극복하고, 평민인데다 이혼녀인 TV 앵커 레티시아 오르티스 로카솔라노 Letizia Ortiz Rocasolano, 1972~ 와 약혼했을 때, 국민들은 못마땅해 했다. 약혼 발표 뒤에도 시련은 이어졌다. 인터뷰 도중 레티시아가 왕세자의 말을 자르고 '내 이야기가 끝날 때까지 기다리라'고 한 일은 보수층의 분노를 샀다. 철학교사였던 레티시아의 전남편은 그녀와의 성생활을 적나라하게 묘사한 소설을 출간해 구설수에 불을 지폈다. 게다가 10대 시절부터 전남편과 동거했던 레티시아가 불법으로 낙태를 했다는 소문이 파다하게 퍼졌다. 그 모든 소동을 겪고 그들이 결혼했을 때, 여성들 사이에서 왕세자의 인기는 오히려 올라갔다. 현실 속에 존재하는 신데렐라의 왕자님을 싫어할 여성은 없었다. 이 두 사람의 사랑은 〈펠리페와 레티시아, 사랑 이야기〉라는 영화로도 만들어졌다.

하지만 최고의 인기 왕세자였던 펠리페 6세의 즉위에도 스페인 국민들은 떨떠름했다. 왕실에 대한 국민들의 태도는 기념품점에서도 쉽게 알 수 있다.

영국에 갔을 때의 일이다. 다이애나 전 왕세자비가 사고로 사망한 지 몇 년이 흐른 뒤였는데도, 기념품점마다 그녀의 모습이 박힌 물건들이 있었다. 품목도 어찌나 다양한지 냉장고 자석부터 꽤 비싼 유화와 도자기까지 그 종류도 다양했다. 다이애나가 새겨진 것 말고 다른 우표가 없냐고 물었을 때, 가게 주인의 표정을 잊을 수가 없다. 주인은 날 이상한 사람처럼 바라보았다. 도대체 다이애나를 거절하고 다른 무엇을 원하느냐는 듯이. 그리고 다이애나가 얼마나 대단한 왕세자비였는지에 관해 30분이 넘도록 이야기를 늘어놓았다. 손님이 오거나 말거나 장사는 접어버리고, 나에게 '다이애나교'를 전도하려 애썼다. 그 열정에 탄복해, 결국 다이애나 우표를 살 수밖에 없었다.

예전에 스페인을 방문했을 때에만 해도 기념품점에는 왕실 관련 물건들이 꽤 있었다. 하지만 이젠 아니었다. 어쩌다 왕실 관련 기념품이 있어도 구석에 먼지가 쌓인 채였다.

펠리페 6세의 누나인 크리스티나 공주 부부의 비리는 600만 유로의 공급 횡령 외에도 탈세, 돈세탁 등 점점 가지치기를 하고 있는 상황이다. 유럽에서 가장 인기 있는 왕세자였고, 지금은 유럽에서 가장 젊은 왕이 된 펠리페 6세가 과연 이 위기를 극복할 수 있을까? 알 수 없는 일이다. 프로이트 Sigmund Freud, 오스트리아 심리학자, 1856~1939가 말한 '스페인적인 광기와 집착'이 어떤 방향으로 흐를지는 누구도 장담할 수 없다.

국립 소피아왕비 예술센터^{Museo Nacional Centro} de Arte Reina Sofía & 프라도 미술관^{Museo del Prado}

모든 사물은 가치를 지니고, 그 가치들은 당연히 상대적 비교가 가능하다. 예술작품도 마찬가지이다. 어느 미술관에 가나 대표작품이 있기 마련이다. 프랑스 파리의 루브르 박물관^{Louvre Museum}에 〈모나리자^{Mona Lisa}, 레오나르도 다빈치 작, 77×53㎝〉가 있다면 스페인의 국립 소피아왕비 예술센터에는 〈게르니카^{Guernica}, 피카소 작, 351×782㎝〉가 있다. 넓은 미술관이라도 그림을 찾아 헤맬 필요는 없다. 두 그림 모두 그림이 있는 전시실로 들어서는 순간 알 수 있으니까.

나는 미술관에 가면 우선 귀에 이어폰을 꽂고 음악을 들으며 어슬렁거린다. 그러다 눈에 띄는 그림이 있으면 다가가 질릴 때까지 들여다본다. 음악을 들으며 어슬렁거리는데 갑자기 주위에 사람이 많아졌다. 보지 않고도 알 수 있었다. 〈게르니카〉였다!

〈모나리자〉만큼 많은 사람들이 모여 있는데도 그림을 감상할 수 있는 건 그림이 크기 때문이다. 피카소의 여느 그림들과 달리 〈게르니카〉는 흑백의 그림이다. 고등학교 때 나는 교과서가 흑백이라 〈게르니카〉가 흑백으로 나왔다고 생각했었다. 내가 피카소의 그림을 좋아하는 건 화려한 색채 때문이기도 하다. 피카소는 그림이 행복하게 보이도록 일부러 여러 가지 색을 사용한다고 말했다. 하지만 〈게르니카〉는 아니었다. 처음 그림을 봤을 때는 그래서 별로였다. 하지만 역사를 알고 난 뒤에는 조금 달랐다.

〈게르니카〉는 스페인 내전 당시 독일의 공군 전투부대가 게르니카에 폭격을 퍼부었던 날을 그린 그림이다. 히틀러는 독일 공군의 새로운 폭탄, 기관총, 비행기 등을 실험하기 위해 스페인 내전에서 프랑코를 도왔다. 때마침 그날은 게르니카의 장날이었다. 시골 장터는 피로 물들고, 불길에 타올랐다.

하지만 피카소는 붉은색 한 방울 없이 그림을 그렸다. 전쟁의 비극은 당연히 흑백이어야 했다. 역시 아는 만큼 보이는 법이다.

피카소는 경제적 이익에 꽤 민감했다. 프랑스 정부는 피카소의 그림이 계속 가격이 오를 것으로 예상하고 그림으로 세금을 대신할 수 있다고 했지만 피카소는 빚을 내서라도 세금을 내겠다고 했다. 피카소도 당연히 자신의 그림이 사후에 더 가격이 오를 것을 알고 있었으니까. 그런 피카소가 〈게르니카〉를 기증한 것은 놀라운 일이다. 피카소는 스페인이 민주화되면 프라도 미술관에 보내달라며 뉴욕 현대 미술관에 〈게르니카〉를 맡겨두었다.

한 나치 장교가 〈게르니카〉를 보고 피카소에게 물었다.

"이 그림을 당신이 그렸소?"

피카소는 대답했다.

"아니, 당신들이 그렸소."

그게 피카소가 그림을 기증한 이유일 것이다.

얼마나 〈게르니카〉를 보고 서 있었을까? 어느새 〈게르니카〉 바

국립 소피아왕비 예술센터는 전 스페인 왕비인 소피아의 이름을 따서 명명되었으며, 현대 미술 작품을 소장하고 있다. 프라도 미술관은 세계 3대 미술관 중의 하나로, 15세기 이후 스페인 왕실에서 수집한 미술 작품을 전시하고 있다.

로 앞 한가운데 자리에 서 있었다. 소위 명당이다. 십 분쯤 지켜보다 자리를 양보하고 다시 어슬렁거리는데 살바도르 달리[Salvador Dalí, 스페인의 화가, 1904~1989]의 그림을 발견했다. 스페인 출신 화가인데도 불구하고 이번 여행에서는 그의 그림을 별로 보지 못했었다.

〈등을 보이고 앉은 소녀〉는 달리의 첫 개인전에 전시된 작품이었다. 그런데 달리의 느낌이 전혀 나지 않는다. 달리는 누가 뭐래도 상상할 수 없는 '초현실주의' 그림을 그리는 화가인데, 그림은 그냥 제목 그대로 '등을 보이고 앉은 소녀'를 그렸다. 달리의 느낌이 전혀 나지 않아서인지 눈 여겨 보는 사람도 없다. 역시 달리의 그림은 약간 '미친 듯한' 특유의 느낌이 있어야 하나 보다.

달리는 그림뿐만 아니라 그 자신이 '초현실주의'적인 인물이었다. 자신보다 10살 연상의 유부녀 갈라[Gala, 러시아, 1894~1982]를 유혹하기 위해 달리는 꽃무늬 셔츠의 가슴 부분에 구멍을 뚫어 가슴 털을 보이게 하고, 겨드랑이 털을 밀고 파랗게 물들였다. 게다가 귀에 빨간색 제라늄 꽃을 꽂고 염소 똥과 라벤더 기름을 섞어 손수 만든 향수를 뿌리고 다녔다. 평범한 여자라면 당장이라도 도망갔을 텐데, 갈라는 평범한 여자가 아니었다. 달리를 만났을 당시 갈라는 폴 엘뤼아르[Paul Eluard, 프랑스의 초현실주의 시인, 1895~1952]와 결혼한 상태로, 막스 에른스트[Max Ernst, 독일의 화가, 1891~1976]와 불륜관계를 가지고 있었다. 그것도 두 남자와 모두 함께 동거하는 기묘한 생활을 3년이 넘도록 지속하는 중이었다.

결국 갈라는 딸을 내팽개치고, 달리는 아버지와 절연하고, '초현실주의'적인 두 사람은 결혼을 한다.

달리는 어린 아기가 엄마를 대하듯 맹목적으로 갈라에게 집착했다. 어떤 그림에는 '갈라&살바도르 달리'라고 서명하기도 했고, 갈라에게 스페인 지로나Girona에 위치한 푸볼성Castell de Pubol을 사주기도 했다. 달리는 생전에 그림으로 부를 누렸던 몇 안 되는 화가 중 한 명이다. 그리고 갈라는 달리의 부를 함께 누렸다. 문제는 갈라의 젊은 애인들도 이를 함께 누렸다는 데 있다. 갈라는 달리의 그림을 판 돈으로 젊은 애인들의 선물을 사기도 하고, 용돈을 주기도 했다. 달리도 갈라가 바람을 피우는 것을 알고 있었지만 엘뤼아르가 그랬듯 묵인했다. 그래서 어떤 사람들은 갈라가 달리를 착취했다고까지 평한다. 갈라의 입장에서 변명을 하자면 그녀는 언제나 무명예술가와 사랑에 빠졌다. 그리고 그녀와 만난 뒤, 그들은 명성을 얻게 되었다. 갈라가 천재를 알아보는 눈이 있었던 건지, 아니면 정말 예술가의 숨겨진 재능을 이끌어내는 뮤즈였던지, 갈라만 만나면 무명 예술가들은 자기 분야에서 성공을 거두었다.

둘은 부부싸움도 초현실주의적으로 했다. 어느 날, 달리에게 맞은 갈라는 갈비뼈가 두 개나 부러진다. 갈라는 길길이 날뛰는 달리를 진정시키기 위해 재빨리 신경안정제인 바리움Valium을 투여했다. 하지만 과다 투여로 인해 달리가 숨도 제대로 쉬지 못하고 움직이지 않자, 갈라는 놀라서 각성제인 암페타민Amphetamine을 또 과다 투여하고 만다. 이 일로 달리의 신경계는 심각한 손상을 입었고, 후에 파킨슨병Parkinson's disease에 시달리게 된다. 그런데도 갈라는 57세나 어린 뮤지컬 스타인 제프 팬홀트Jeff Fenholt, 미국, 1951~와 사랑에 빠져 입원한 달리를 내팽개치고 돌아다녔다.

그럼에도 불구하고 두 사람은 갈라가 죽을 때까지 함께 지냈다. 달리는 갈라가 떠난 이듬해 작품 하나를 완성하는 것을 마지막으로 다시는 그림을 그리지 못했다. 대신 갈라가 묻힌 푸볼성에서 엄마를 찾는 어린아이처럼 매일 어둠 속에서 흐느끼면서 살아갔다.

그들의 관계를 과연 사랑이라 부를 수 있을까? 어쨌든 그들의 사랑은 내가 생각하는 사랑의 정의와는 완전히 달랐다.

이번 여행 기간 동안 나는 손을 잡고 걷는 남녀를 꽤 많이 보았다. 어디로 고개를 돌려도 손을 잡고 걷는 남녀를 볼 수 있었다. 타인이 있는 곳에서 스킨십을 하는 것이 어색하지 않은 나라이다 보니 진한 키스, 혹은 그보다 더 발전한(?) 장면을 연출하는 남녀도 많았다. 하지만 손을 잡는 것은 조금 특별하다. 수많은 사람으로 북적이는 거리에서, 숨이 막힐 정도의 더위 속에서 손을 잡고 걷는 것은 그리 쉬운 일이 아니다. 사랑을 갓 시작한 젊은 연인이라면 몰라도. 그런데 유난히 나이 든 사람들이 손을 잡고 걷는 경우가 많았다.

나는 세상의 사랑에 대해 그리 긍정적이거나 호의적이지 않다. 내가 생각하는 이상적 사랑의 기준이 너무 높아서인지도 모른다. 그런데 어쩌면 사랑이란 건 그리 거창한 것이 아닐지도 모른다는 생각이 들었다. 그저 누군가와 함께 손을 잡고 같은 곳을 바라보며 서로의 발걸음에 보조를 맞추며 걸어가는 것. 사랑은 어쩌면 그렇게 단순한 것이 아닐까?

달리와 갈라는 서로 사랑했다. 비록 그 사랑이 세상의 기준을 파괴하는 것이라도 서로를 완벽하게 이해하고 받아들일 수 있다면 그게 바로 사랑이니까.

한참을 달리 그림 앞에 서 있는데 아무도 그림 앞에 멈춰 서지 않았다. 흐느적거리며 녹아내리는 시계로 유명한 달리의 〈기억의 지속〉을 대하는 반응과는 확연히 차이가 났다. 뉴욕 현대 미술관에 있는 〈기억의 지속〉 앞에는 사람들이 끊임없이 몰려들었다.

문득 서러웠다. 시간이 늦은 탓도 있긴 했지만 〈게르니카〉가 있는 전시실을 제외한 다른 전시실은 거의 멈춰서는 사람이 없었다. 갑자기 눈물이 나기 시작했다. 서러움이 몰려들었다.

글을 쓰는 동안에는 이야기를 완성하고 책으로 나오기만 바란다. 하지만 인쇄된 책이 나오면 다른 이들의 사랑을 받기를 또 바란다. 인간의 욕망이란 언제나 끝이 없는 법이니까. 나에게는 여러 권의 책이 모두 소중하다. 하지만 남의 자식이 자기 자식처럼 예쁠 수 없듯이 독자들의 사랑은 언제나 치우친다. 이상하게도 많은 사랑을 받지 못하는 책에 항상 마음이 더 쏠린다. 모자란 자식을 보는 어미의 안타까운 심정 같다. 아마 모두가 스쳐 가는 자신의 그림을 바라보는 화가의 기분도 그렇지 않을까? 앞으로는 인기와 명성에 기대어 예술작품을 선택하고, 편견을 가지고 예술작품을 대하지 말아야겠다고 다짐했다. 어떤 글이든, 어떤 그림이든, 어떤 음악이든, 만든 이는 사랑받기를 바라며 기도하고 있을 테니까.

보틴 Botin

친구와 나, 둘 다 음식에 열정적인 편이다. 친구는 미식가로 맛집에 열광하고, 나는 포만감에 행복을 느끼는 대식가로 음식의 질보다는 양에 열중한다. 우리의 월급이 아무리 올라도, 우리의 엥겔지수총가계 지출액 중에서 식료품비가 차지하는 비율는 절대 내려가지 않는다. 고소득 가계일수록 가계지출에서 식료품비가 차지하는 비율이 내려간다는 엥겔의 법칙은 우리에겐 해당되지 않는다. 그래도 과학적으로는 예외가 되지 않았다. 생물학에서 배운 바에 따르면, 태아에게 가장 먼저 생기는 것이 입이라는데, 우리는 다른 태아들보다 훨씬 빨리 입이 생겼을 거라 확신한다.

여행을 할 때 내가 가장 중요하게 생각하는 것은 그 나라의 문화를 경험하는 것이다. 그리고 가장 쉽게 접할 수 있는 것이 바로 그 나라의 식문화이다. 보통 사람들은 해외여행 경비에서 항공비와 숙박비가 많은 비중을 차지한다는데, 불행히도 나는 식비가 그에 대적할 만큼 많이 나오는 편이다. 이번 여행도 그랬다.

스페인의 '타파스'는 여행자들이 다양한 그 나라의 요리를 맛 볼 수 있는 가장 좋은 수단이다. 작은 접시에 담겨져 나오는 요리, 타파스. 타파스는 스페인어로 '덮다'라는 뜻을 가진 'Tapar'에서 유래했다. 타파스라는 음식문화가 생겨난 유래에 대해서는 여러 가지 설이 있다. 병약했던 까스띠야의 알폰소 10세가 작은 접시에 담겨 나온 간식과 포도주를 먹으면서 건강해지자 간식이 없으면 포도주를 마시지 못하게 명령한 데서 비롯되었다는 설, 달콤한 셰리주에 꼬여드는 날파리를 막기 위해 잔을 얇게 저민 고기나 스낵으로 덮은 데서 유래했다는 설, 술집 주인들이 싸구려 포도주의 나쁜 향을 가리기 위해 얇게 저민 치즈를 잔 위에 얹은 데서 유래했다는 설 등이 있지만 진실은 알 수 없다. 어쨌든 '타파스'는 현지에서의 메뉴 선택에 자신없어 하는 여행자들에게는 배려심 넘치는 음식문화이다.

양이 적은 대신 가격이 싸서 다양한 종류의 요리를 한 번에 맛볼 수도 있고, 설령 심각한 선택의 실패를 경험한다 해도 그다지 속상해하지 않을 수 있다. 사실 심각한 실패도 꽤 여러 번 했다. 보글거리는 듯한 거품 모양의 음식을 보고 감자샐러드라고 생각하고 주문했는데, 알고 보니 동물의 내장이어서 포크 한 번 가져다 대지 않은 적도 있었고, 이것저것 주문해 한 끼를 채우려 했는데, 술안주로만 잔뜩 고른 적도 있었다. 그래도 난 타파스라는 음식문화가 우리나라에도 수입되었으면 하는 바람이다.

내가 좋아하는 스페인의 음식문화 중 또 다른 하나는 '오늘의 메뉴Menu del dia'이다. 누군가는 스페인 사람들이 하루에 5끼를 먹는다고 하지만 사실 그 가운데 제대로된 식사는 점심Comida, 14~16시밖에 없다. 빵을 곁들여 커피를 마시는 아침Desayuno, 8시 전후은 건너뛰는 사람이 더 많고, 스페인식 샌드위치인 보까디요Bocadillo를 먹

보틴은 세계에서 가장 오래된 레스토랑으로 250
년 전에 쓰던 오븐을 아직도 쓰고 있다. 헤밍웨이
를 비롯한 유명인들의 단골 레스토랑이기도 했다.

는 오전 간식Almuerzo, 11시 전후은 한 끼로는 뭔가 부족하고, 오후 간식Merienda, 19시 전후은 가벼운 과일이나 타파로 대충 넘어가고, 저녁Cena, 22시 전후은 너무 늦은 시간이라 가볍게 먹으니, 하루에 5끼를 먹는다는 말은 좀 과장된다. 어쨌든 하루 한 끼 점심만큼은 푸짐하게 먹는 스페인 문화 덕분에 레스토랑 대부분은 애피타이저, 메인 요리, 디저트의 코스로 이루어진 '오늘의 메뉴'를 내놓는다. 대부분이 인기 메뉴로 구성되어 있고, 가격도 싸서, 나는 점심이면 '오늘의 메뉴'만 선택했다.

단 하나 스페인에서 아쉬운 것이 있다면 길거리 음식이 없다는 것 정도일까? 나는 길거리 음식을 정말 사랑한다. 떡볶이, 호떡, 붕어빵 등등 길거리에서 파는 건 다 맛있다. 누군가는 내 입맛이 싸구려라고 놀리기도 했지만 맛있는 걸 어쩌랴.

뭐니 뭐니 해도 스페인 음식문화의 가장 큰 장점은 다양한 기후와 이민족 덕분에 정말 가지각색의 요리를 맛 볼 수 있다는 점이다. 바르셀로나의 '지중해 음식'은 유네스코 세계무형문화유산으로 지정되어 있기까지 하다. 비록 내가 좋아하는 길거리 음식은 드물지만 스페인은 내가 원하는 식문화 경험의 완벽한 토대가 갖춰진 나라이다.

지역을 옮길 때마다 타파스 투어는 당연했고, 피카소의 4 Gats, 헤밍웨이와 고야Francisco José de Goya y Lucientes, 스페인의 화가, 1746~1828의 보틴은 기본이고, 프랑스의 〈미슐랭 가이드Guide Michelin, 세계 최고 권위의 여행정보안내서〉나 영국의 〈레스토랑〉이 선정한 맛집은 선택사항이었다.

돼지 뒷다리를 염장해 만든 하몽, 해산물 육수에 쌀을 넣고 졸여서 익히는 빠에야, 잘게 썬 빵과 토마토 등을 갈아 만든 차가운 야채 스프 가스파초Gazpacho, 까스띠아의 카스테라……. 레드와인에 과일과 레모네이드를 섞은 와인 칵테일 샹그리아, 까딸루냐의 스파클링 와인 까바, 귀족들이 각성제로 사용했다는 아니스……. 처음에는 스페인 전통음식만 먹어도 종류별로 다 못 먹을까 봐 걱정했었다. 그래서 한식에 대한 준비를 별로 하지 않았다. 즉석밥과 라면 몇 개, 김, 고추장이 전부였다.

그런데 생각지도 못한 복병이 생겼다. 며칠 만에 한식이 너무 그리웠다. 내가 이리도 한식을 사랑하는 줄 몰랐다. 한국의 다른 것은 하나도 그립지 않았는데 음식만은 그리웠다. 가끔은 한국에서 적응을 못하고 떠돌기만 하는 이방인처럼 느껴졌었는데, 내 몸에 들어가 살이 되고 뼈가 되는 것들이 한국의 것이어야만 한다면 나도 진짜 한국인이 확실하다는 생각에 괜스레 기분이 좋았다.

오죽 한식이 그리웠으면 라면을 끓여먹고 남은 라면스프를 버리지 않고 모아뒀다가 라면스프를 넣은 빠에야를 만들어 먹었을까? 세비야에서 아파트를 빌려 숙소로 사용했기에 가능한 일이었다. 친구와 나는 다음 여행부터는 반드시 한식을 여행 가방 한 가득 싸오겠다고 굳게 결심하며, 어떤 걸 싸올지 의논하며, 라면스프를 넣고 끓인 밥을 먹었다. 예상보다 훨씬 더 맛있었다.

나는 사진 찍는 걸 그리 좋아하지 않는다. 특히 이해할 수 없는 사진 촬영 중 하나는 레스토랑의 음식을 찍는 거였다. 그런데 이번 여행 내내 나는 음식을 먹을 때마다 스마트폰으로 사진을 찍으려고 노력했다. 가족들에게 안부 인사를 전하기 위해서였다. 내가 무사하다는 것을 알리기 위해 나는 매일 메신저로 그날의 식사 사진을 보냈다. 아주 간단하지만 지루하지 않은 안부인사 방법이었다. 어느 날, 여동생이 물었다.

"어쩌면 식사 사진 중에 술이 없는 건 하나도 없니?"

"아닌 것도 있어."

그렇게 우겼지만, 확인해 본 결과 여동생의 말은 사실이었다. 스페인은 음주가 자유로운 편이었다. 아침식사를 하면서 스페인산 스파클링 와인인 까바나 맥주를 주문해도 아무도 이상하게 여기지 않았다. 패스트푸드점의 세트메뉴 선택음료 중 맥주가 있을 정도였다. 물론 난 항상 맥주를 선택했다. 한국에서는 상상도 할 수 없는 일이다. 아침부터, 혹은 패스트푸드점에서 술을 마시다니, 그것도 여자가, 라며 흘낏거릴 테니까. 타인의 시선 따위는 무시하고 싶지만 사실, 무시되지 않는 게 현실이다. 하지만 스페인에서라면 시선 따위는 신경 쓰지 않고 마음대로 해도 된다.

내가 여행을 좋아하는 이유 중 하나는 내가 어떤 곳에도 속하지 못하고 떠도는 존재이기 때문이다. 어렸을 때부터 나는 어디에도 속하지 못한 이방인이라는 느낌을 너무 자주, 너무 강하게 받았다. 그래서 군인이었던 아버지의 직업 때문에 전학을 자주 다녀야만 하는 삶이 오히려 좋았다. 그리고 마음껏 떠돌 수 있는 지금의 직업을 선택했다. 그들과 다르다는 것을 알면서도, 결코 그들과 비슷해질 수 없다는 걸 알면서도, 그들 속으로 기어이 들어가기 위해 나 자신을 거짓으로 꾸미면서 애쓰지 않아도 되니까, 떠돌아다니는 직업이 좋다.

자신들의 집단이 가지고 있는 특성을 지니지 못한 사람에게 집단은 냉정하고 잔인하다. 아마 평균적인 보통의 삶에 들어가지 못한 사람이라면 누구나 한 번쯤 그런 소외감을 느껴 봤을지도 모르겠다. 차라리 외국에 가면 누군가와 비슷해야 한다는 강박이나 어딘가에 속해야 한다는 의무감에서 벗어날 수 있어서 좋았다. 그런 면에서 자유로운 스페인은 최고의 여행지였다.

스페인에서 갔던 음식점 중 가장 맛있는 집이라면 역시 기네스북에 세계에서 가장 오래된 레스토랑으로 등재된 보틴이다. 1725년 개업한 보틴은 헤밍웨이가 《태양은 또 다시 떠오른다》에서 '세상에서 가장 훌륭한 레스토랑 중 하나다.'라고 언급했던 곳이다. 화가 고야가 무명시절 접시닦이로 세월을 보냈던 곳이기도 하다.

가장 유명한 요리는 어미 젖 이외에는 다른 어떤 먹이도 먹어보지 않은 생후 2주 정도 된 새끼 돼지를 통째로 구운 코치니요 아사도Cochinillo asado. 젖을 먹이는 어미 돼지에게는 호밀, 귀리, 양상추, 감자 등 야채만을 먹이로 제공할 정도로 고기의 품질에 신경을 쓴다. 가난하던 시절 비둘기도 잡아먹었다는 헤밍웨이가 즐겨 먹었던 세고비아의 전통 요리이다. 코치니요 아사도를 먹어 보면 왜 보틴이 300년 가까이 성업 중인지 이해할 수 있다.

솔 광장 Puerta del Sol

솔 광장은 마드리드의 중심이다. 워낙 다양한 교통편의 요충지여서 마드리드 시내와 근교 어디로든 가기 편하다. 마드리드의 상징인 곰과 마드로뇨 나무 동상은 제로 포인트라고도 하는데 스페인 곳곳으로 통하는 9개의 도로가 시작되는 지점이라서 그렇단다. 게다가 솔 광장 주위에는 싼값의 숙소들도 많았다. 우리가 숙소를 정할 때의 기준인 교통과 가격 모두를 만족하는 곳이라니 다른 곳은 고려하지도 않고 솔 광장 주위에 숙소를 잡았다.

그리고 후회했다. 아주 많이. 우리의 숙소 선택 기준이 얼마나 허술한지도 깨달았다. 솔 광장 주변은 정말 밤새도록 시끄러운 곳이었다. 피곤해 죽을 지경인데도 너무나 시끄러워 잠이 들기 힘들 정도였다.

전 세계 어디를 가도 우리나라처럼 밤 문화가 발달한 나라가 없다고 했던가? 틀린 말이다. 바로 우리의 경쟁자 스페인이 있다. 주말 아침 일찍 숙소를 나설 때면, 화려한 드레스를 입은 여자나 턱시도를 입은 남자를 마주치는 경우가 많았다. 이렇게 아침 일찍 결혼식이라도 가는 걸까? 아니면 무슨 중요한 행사가 있는 걸까? 말라가에서야 깨달았다. 그 사람들은 밤새도록 놀다가 그 시간쯤 집으로 돌아오고 있는 거였다.

바르셀로나에서는 밤새도록 나이트버스가 운행되고, 지하철은 금요일에는 새벽 2시까지, 토요일엔 밤새 운행한다. 나는 그게 관광객들을 위한 배려라고 생각했는데, 아니었다. 해가 늦게 지는 나라이니 밤이 짧을 거라고 생각하면 오산이다. 어쩌면 시에스타 때문에 밤 문화가 더 발달한 건지도 모르겠다. 낮잠을 자고 나면 밤에는 훨씬 오래 깨어 있을 수 있으니까.

처음에는 그런 스페인의 밤 문화가 반가웠다. 해가 져도 겁 없이 거리를 돌아다닐 수도 있고, 술집에서 느긋하게 타파스를 즐길 수도 있었으니까. 그런 여행지는 의외로 드물다. 시드니에 살고 있는 여동생의 집에 놀러갔을 때는 해가 지기 전에 반드시 집으로 돌아가야만 한다는 강박관념에 시달렸다. 여동생은 3시만 되어도 전화를 해서 빨리 집에 오라고 닦달했다. 남반구의 아름다운 항구 도시는 어둠만 내리면 무슨 일이 벌어질지 모르는 공포의 도시로 변한다. 하지만 스페인의 밤 문화를 사랑했던 나도 솔 광장에서만큼은 호주가 그리웠다. 밤새도록 수많은 사람들이 내는 소리 때문에 뒤척여야 한다면 누구라도 그럴 것이다. 도대체 뭘 하는 사람들인지 궁금할 정도였다. 현지인이라면 직장에 가야 하는 주중인데도 저렇게 밤새도록 놀 수 있을까? 여행객이라면 저렇게 밤새도록 놀다 내일 일정을 지킬 수 있을까? 너무 시끄러워 잠들 수 없는 시간이 길어지면서 잡생각도 늘기만 했다.

마지막 여행지, 마드리드. 몸도 많이 지쳐 있었지만 여행 일정이 끝난다는 생각에 우리는 더 미친 듯이 돌아다녔다. 숙소로 돌

솔 광장은 16세기까지 태양의 모습이 새겨진 성문이 있어서 '태양의 문'이라는 뜻의 이름이 붙었다. 안타깝게도 현재 성문은 남아 있지 않다.

아오면 아무것도 하지 못하고 잠들고만 싶었는데, 도저히 불가능했다. 그래도 우리는 서로를 위로했다.

"몇 년 전 구정 때 칭따오青島, 중국에 갔던 거 기억나?"

"그럼. 아, 그때 정말 폭죽 소리 때문에 여행 내내 거의 잠을 못 잤었는데."

"맞아. 어떻게 그렇게 밤새도록 폭죽을 쏘아대는지, 낮에 내내 커피 마시면서 겨우 버텼잖아. 그래도 그때보다는 지금이 낫다. 그렇지?"

우리는 몇 년 전의 여행 추억을 더듬으며 헤헤 웃기까지 했다. 몇 시간을 잠 못 들고 뒤척이면서도 짜증 한 번 내지 않았다.

여행을 하다 보면 상황에 대해 긍정적으로 바라보는 시선이 강해진다. 어쩔 수 없이 겪게 되는 극적인 상황에 대처하면서 이해심이나 여유로움도 생겨난다.

여행 중에 발생하는 난처한 상황은 여행 횟수만큼 쌓여간다. 보라카이Boracay, 필리핀에서는 뺑소니 교통사고를 당해 경찰서에서 조서까지 썼고, 상하이上海, 중국에서는 기차 문에 손가락이 절단될 뻔했으며, 코타키나발루Kota Kinabalu, 말레이시아에서는 햇빛에 화상을 입었고, 사이판Saipan, 미국에서는 바비큐를 하다 더위를 먹어 헉헉 댔다.

하지만 잊고 싶은 상처만큼 평생 간직하고 싶은 순간도 쌓인다. 베네치아Venezia, 이탈리아에서는 태어나서 처음으로 프러포즈를 받았고, 파리Paris, 프랑스에서는 멋진 아랍 왕자님의 리무진을 타고 에펠탑을 돌기도 했었고, 하와이Hawaii, 미국에서는 가장 좋은 호텔의 전망 좋은 곳에 앉아 느긋한 아침을 즐기며 일출을 맞기도 했다.

여행은 인생과 비슷하다. 아무리 열심히 계획하고 준비해도 마음대로 되지 않는다. 미술관 휴무일이나 버스 노선이 며칠 사이에 변경되기도 하고, 기차를 예매했는데 기관사들이 예고 없이 파업하기도 하고, 다치거나 아파서 꼼짝 못하고 호텔에서만 지내는 일도 있다.

여행에서 가장 중요하지만 절대 예측 불가능한 요소는 날씨이다. 해변에 가기로 계획했는데 비가 오고, 박물관에 가려고 했는데 날씨가 너무 좋아서 망설여지기도 한다.

세상에는 어쩔 수 없는 것들이 있다. 날씨처럼. 꼼꼼하고 치밀하게 계획을 세우고 죽어라 노력해도 우리의 계획과는 다른 무언가 큰 힘에 의해 바뀌어버리는 것들. 어릴 때는 그런 상황에 부딪히면 내 자신을 들볶았다. 지금 생각하면 우습다. 마음 졸인다고 해서 비가 그치는 게 아닌 것처럼, 밤잠 설치며 걱정을 한다고 해도 내 힘으로 상황을 바꿀 수는 없었다. 그런데도 나는 울고, 원망하고, 고민하고, 짜증냈다.

'기상청은 도대체 왜 일기예보를 그따위로 하는 거야? 오늘 해변에 가기로 했는데 비가 와서 어쩌지?'

'비 올 가능성이 10%였는데, 만약의 경우를 대비해서 미술관으로 여행일정을 잡을 걸. 내 잘못이야.'

'내일 미술관 일정을 당겨서 오늘 미술관을 가면 내일부터의 일정이 전부 다 틀어지는데 어떻게 하지? 왜 내가 하는 일은 다 이 모양일까? 마음대로 되는 일이 없어.'

그렇게 나는 지쳐 쓰러졌다. 힘든 상황 때문이 아니라 스스로를 고문하는 나 자신 때문에 고통스러워서였다.

하지만 지금은 다르다. 비가 오면 재빨리 계획을 바꾸려 노력해 보고 그것이 안 된다고 해도 울상 짓지 않는다. 비가 오는 해변도 괜찮다. 폭풍우가 몰아치는 바다를 바라보며 칵테일 한잔을 하는 것도, 소나기 퍼붓는 바다에서 첨벙거리는 것도, 이슬비로 젖은 모래 위를 맨발로 산책하는 것도 좋다. 절대로 날씨가 화창했으면 더 좋았을 걸, 하고 한숨 쉬지 않는다. 어떤 상황이든 그 상황을 즐길 뿐 아쉬워하지 않는다.

인생도 마찬가지이다. 예전에는 어떤 일에 실패를 하거나 좋지 못한 상황에 처하게 되면 무조건 원망대상을 먼저 찾았다. 그리고 대부분의 경우 가장 만만한 원망의 대상은 나 자신밖에 없었다. 조금만 더 노력할 걸, 그때 그러지 말 걸……. 내 사소한 과거의 순간 모두가 너덜너덜해질 때까지 곱씹으며 후회했다. 과거의 실수를 또다시 저지르지 않게 반성의 시간을 갖는 건 미래를 위해 긍정적이다. 하지만 과거에 대한 후회만으로 현재의 시간을 낭비하는 건 어리석다. 난 두더지처럼 과거의 실수를 죽어라 파내면서 후회하는 나쁜 습관이 있다.

그 나쁜 습관을 고치려 심리학이나 정신분석학 책도 많이 읽었다. 여러 이론서들과 연구결과를 바탕으로 난 결국 나쁜 습관 고치기를 포기했다. 사실 노력한다고 되는 일도 아니었다.

하지만 그렇게 노력해도 고쳐지지 않던 자기 비난 습관이 여행을 하면서 조금 강도가 덜해졌다. 누구나 실수를 하고, 누구나 후회도 한다. 난 언제나 타인의 실수보다 내 자신의 실수에 더 엄격한 잣대를 가져다대고 질책했다. 자신에게만 너그러운 것도 문제지만 자신에게 더 엄격할 필요도 없다. 그렇게 여행을 하면서 난 변해갔다. 부정적 상황에서도 긍정적인 면을 부각시키고, 나뿐만 아니라 타인에게도 너그러워졌다.

시간이 흐르고, 세월이 쌓이면 모든 인간은 변한다. 여행은 단기간에 인간이 긍정적으로 변화할 수 있게 만들어준다. 10년의 세월보다 10일 동안의 여행이 인간을 더 성장하게 만들기도 한다. 그래서 나는 최대한 여행을 많이 하려고 노력한다. 국내든 국외든, 짧든 길든, 혼자이든 함께이든, 모든 여행은 내 영혼을 자라게 만드니까. 지혜롭기는커녕 함량미달의 정신력을 가진 나에게 여행은 필수적인 영양제이다.

솔 광장 근처의 싸구려 숙소, 밤새도록 영업을 하는 레스토랑의 불빛이 커튼 틈으로 새어 들어오고, 술집에서 흘러나오는 시끄러운 음악이 바닥을 울리고, 술 취한 젊은이들이 내지르는 괴성에 깜짝 놀라면서도, 우리는 그저 그곳에 하루 더 머무르기를 바랐다. 스페인에서의 마지막 숙소, 여행이 조금만 더 계속된다면 숙소 따윈 아무래도 좋았다. 그렇게 우리는 잠 못 드는 밤, 스페인에서의 시간을 안타까워하며 보냈다.

떠나는 날
&
떠나온 날

스페인 여행을 위해 공항으로 떠나던 날, 비가 내렸다. 공항버스 안에서, 물기 어린 유리창으로 비치는 어두운 밤거리를 보며 많이도 울었다. 늦은 시간이라 버스 안에 사람이 그리 많지 않아 다행이었다. 난 다른 이들 앞에서 약한 모습을 보이는 건 질색이었다. 그게 가까운 친구나 가족이든, 다시 보지 않을 낯선 타인이든, 싫었다.

공항에서 친구가 오길 기다리며 간신히 다잡았던 마음은 비행기가 이륙하는 순간 다시 부서져 내리기 시작했다. 비행기가 이륙하는 순간은 내가 가장 좋아하는 여행의 한 부분이었다. 여행에 대한 기대, 일상에서의 탈피……, 모든 희망은 그 순간 비행기와 함께 최고로 치솟았다. 그런데 어두운 밤하늘을 향해 비행기가 날아오른 순간, 눈물이 났다. 생각보다 많이 지쳐 있었던 모양이었다. 지난 몇 해 동안 겪었던 고통과 아픔이 눈물 속에서 떠올랐다 흘러내렸다.

몇 년이라는 짧은 시간 동안, 나는 가족을 연달아 잃어야만 했다. 이별을 할 때까지의 과정은 길고 고통스러웠으며, 이별을 받아들이는 과정은 더디고 힘겨웠다. 간신히 눈물이 마를 때쯤이면 또 다른 이별의 과정이 닥쳐왔다. 상처가 아물기도 전에 또 상처를 입어야만 했고, 그렇게 덧난 상처에 울고 있을 때 다시 또 상처를 입었다. 개인적으로 겪는 시련만으로도 휘청거리는데 직장에서는 내 상처에 소금을 뿌려댔다. 횡포와 권위의 차이를 구별 못하는 상관은 회식에 참석하지 않는다며 소리를 질러댔고, 승진에만 관심이 있는 동료는 일을 떠넘기고 상관에게 아부만 하기에도 바빴다. 그렇게 오랫동안 내 상처는 덧나고 곪기만 했다.

마침내 도착한 스페인.

스페인의 여름은 뜨거웠다. 그 뜨거운 태양 아래서 내 눈물이 서서히 말라갔다. 상처는 아물기 시작했고, 고통은 어느새 사라졌다. 그리고 나는 내 자신을 위로할 수 있는 여유를 되찾았다.

지난 몇 년 동안 매일, 나 자신을, 나에게 상처를 준 누군가를, 나에게 시련을 준 신을, 원망하고 용서하는 일을 되풀이하며 아무것도 하지 못했다. 그리고 그렇게 멈춰 서서 절망하는 내 모습에 나도 지쳐만 갔다. 하지만 스페인에서, 나는 이해할 수 없었던 나 자신을 받아들이고 용서했다.

나는 단지 다리가 아파서, 목이 말라서, 잠시 앉아서 쉬었을 뿐이었다. 주저앉아 있다고 내 자신을 닦달하며, 일어서지 못하는 내 자신을 다그치며, 뛰어가는 이들을 부러운 눈으로 바라보며, 그렇게 바보같이 굴지 않기로 했다.

이렇게 쉬고 나면 더 잘 뛸 수 있을 것이다. 뒤쳐지는 게 초라해 보여서, 부끄러워서 숨지 않을 것이다. 언젠가 나는 반드시 그곳에 도착할 거니까. 조금 늦어도 괜찮다. 그렇게 매일 나를 달랬다. 스페인에서의 시간은 나를 위로하고 치유해주었다. 그리고 드디어, 용기가 되살아나기 시작했다.

그리고 스페인 여행 후, 돌아오는 비행기.

드디어 비행기가 날아올랐다. 다시 일상으로 돌아가야 했다. 아주 조금 울컥했다. 또다시 상처투성이 삶으로 돌아가야 했다. 간신히 꿰맨 너덜너덜해진 마음은 금세 실밥을 드러내며 터져버릴 것이다. 그래도 괜찮다. 나는 또 무언가를 향해 나아갈 것이다. 지금 많이 방황하고 있지만, 지금 많이 돌아가고 있는지도 모르지만, 어쨌든 나는 그 무언가를 향해 걸어가고 있다. 그것만으로도 충분하다.

돌아와서

나는 원래 예습에는 소질이 없다. 철저한 준비나 계획 따위와는 거리가 먼 사람이다. 그래서 언제나 당황하고 허둥댄다. 이번 여행도 마찬가지였다. 모든 준비와 계획은 친구가 도맡았다. 여행이 끝나도록, 난 친구가 선물로 사준 스페인 여행책자를 절반도 읽지 못했다.

문제는 복습에도 소질이 없다는 것이다. 학창시절 나는 시험 전날도 아닌 시험 당일 새벽에 벼락치기를 하는 게으른 학생이었다. 당연히 초등학교 시절 방학숙제인 일기도 벼락치기로 썼다.

일단 변명을 하자면, 내 일상생활에는 일기에 쓸 정도로 다이내믹한 사건도 없었고, 내가 사는 곳은 놀이공원은커녕 학원 하나 없는 시골이었다. 그저 방학 내내 내가 하는 일은 집 가까이에 있는 숲에 가서 네잎클로버를 찾거나 숨바꼭질을 하는 것밖에는 없었다. 그 숲도 정확히 말하자면 요즘처럼 인공적으로 만든 숲이 아니라 그저 버려진 땅에 아무런 조치를 취하지 않아 생겨난 숲이었다.

누군가 말했다. 자신의 인생에서 가장 놀라운 일은 놀라운 일이

단 한 번도 일어나지 않았다는 거라고. 당시 내 인생이 그랬다. 하물며 한 달 넘게 찾아다녔는데도 네잎클로버 한 번 찾지 못했다. 몇 년 동안이나! 그러니 일기를 쓰는 게 짜증날 뿐. 매일 똑같은 일상인데 무슨 일기람. 그리고 개학 전날 울면서 한 달 동안의 일기를 몰아 썼다. 아마 나의 작문 실력의 99.9%는 당시의 훈련 덕분일 것이다.

세 살 버릇 여든까지 간다고, 이번 여행에서도 일기는 쓰지 못했다. 그러니까 초등학교 시절 재미있고 신나는 일이 없어서 일기를 못 썼다는 것은 확실히 비겁한 변명이었음을 인정한다.

여행을 다녀와서도 정리를 하겠다는 결심은 꽤 오랜 시간 이런저런 변명과 핑계로 미루고 미뤄졌다. 그리고 마침내 람블라스를 시작으로 내 여행을 되돌아보기 시작했을 때, 멈출 수가 없었다. 추운 겨울, 창밖으로 눈이 내리고 있는데도, 스페인의 햇빛 아래 누워 있는 것만 같았다. 스페인의 여름은 정말 뜨거웠다. 보통 섭씨 40도 근처에서 오르락내리락 했다. 그래도 누군가 묻는다면 스페인에는 여름에 가라고 말하고 싶다. 그 뜨거움이 바로 스페인이니까.

그 뜨거웠던 여름 속에서 나는 위로와 위안을 받았다. 그리고 내내 행복했다. 그게 내가 글을 마무리할 수 있었던 원동력이었다. 여행을 정리하는 동안 나는 다시 뜨거운 여름 속으로 빨려 들어갔다. 잊고 있었던 순간들이 되살아나며, 잃어버렸던 행복을 끌고 나왔다. 그리고 나는 다시 행복해졌다. 여러분도 나와 함께한 여행이 행복했기를 바란다.

나를 찾아 떠난 스페인

지은이 | 최문정
펴낸이 | 황인원
펴낸곳 | 다차원북스

신고번호 | 제409-251002011000248호

초판 1쇄 인쇄 | 2015년 05월 15일
초판 1쇄 발행 | 2015년 05월 22일

우편번호 | 415-781
주소 | 경기도 김포시 김포한강2로 114, 106-1204(장기동)
전화 | (031)984-2010
팩시밀리 | (031)984-2079
E-mail | dachawon@daum.net

ISBN 978-89-97659-65-4 03810

값 · 15,000원

이 도서의 국립중앙도서관 출판시도서목록(CIP)은 서지정보유통지원시스템 홈페이지(http://seoji.
nl.go.kr)와 국가자료공동목록시스템(http://www.nl.go.kr/kolisnet)에서 이용하실 수 있습니다.
(CIP제어번호: CIP2015012840)